C000174002

COLLECTION FOLIO

Jean-Paul Sartre

Nekrassov

PIÈCE
EN HUIT TABLEAUX

Gallimard

Un escroc, Georges de Valera, traqué par la police, se réfugie un soir chez Sibilot, journaliste à *Soir à Paris*. Sibilot, chargé de la rubrique sur l'anticommunisme, est à court d'idées. Son directeur, Palotin, l'a sommé de trouver du nouveau, car le conseil d'administration est mécontent : depuis quelque temps *Soir à Paris* se relâche. Sibilot sera chassé s'il ne trouve pas l'idée astucieuse que la situation exige : les élections de Seine-et-Oise approchent.

Cette idée neuve naît dans l'esprit inventif de Valera. A vrai dire elle n'est pas si neuve que ça, mais il saura la mettre au goût du jour. Nekrassov, ministre soviétique en exercice, n'a pas paru à l'Opéra de Moscou le mardi précédent (il se repose en Crimée). Valera sera Nekrassov en fuite à Paris. Il aura choisi la liberté. Et ses souvenirs, il les vendra très cher.

Voici déchaînée alors la machine à faire de la guerre froide. *Soir à Paris* triple son tirage. Nekrassov, au jour le jour, ajoute à ses révélations sensationnelles des révélations plus sensationnelles encore. Il croit sa fortune assurée, mais n'est en fait qu'un instrument. Il sera rejeté le jour où il ne sera plus utile. Déjà son étoile est en baisse. Lui ou un autre...

Farce, satire, la pièce de Jean-Paul Sartre est pleine de traits féroces ; elle surprend par ses rebondissements. « Que la guerre s'éloigne, dit Palotin, mais pas de la UNE. » Cette réplique donne le ton de *Nekrassov*. C'est le « grand ton » du théâtre.

Nekrassov *a été représenté pour la première fois au Théâtre Antoine (direction Simone Berriau) le 8 juin 1955*
Décors de Jean-Denis Malcles,
peints par Jean Bertin.
Mise en scène de Jean Meyer.

Distribution par ordre d'entrée en scène :

PREMIER TABLEAU :
Berge de la Seine

LE CLOCHARD.	Edmond Tamiz.
LA CLOCHARDE	Leccia.
GEORGES DE VALERA	Michel Vitold.
INSPECTEUR GOBLET.	R.-J. Chauffard.
1er AGENT	René Claudet.
2e AGENT	André Bonnardel.

DEUXIÈME TABLEAU :
Bureau de Palotin

JULES PALOTIN	Armontel.
SECRÉTAIRE.	Vera Pharès.

SIBILOT . . . . Jean Parédès.
TAVERNIER . . . . Robert Seller.
PÉRIGORD . . . . Clément Harari.
MOUTON . . . . Jean Toulout.

TROISIÈME TABLEAU :
Salon de Sibilot

GEORGES . . . . Michel Vitold.
UN AGENT . . . . André Bonnardel.
VÉRONIQUE . . . . Marie-Olivier.
SIBILOT . . . . Jean Parédès.
GOBLET . . . . R.-J. Chauffard.

QUATRIÈME TABLEAU :
Bureau de Palotin

TAVERNIER . . . . : . . Robert ·Seller.
PÉRIGORD . . . . Clément Harari.
SECRÉTAIRE . . . . Vera Pharès.
PALOTIN . . . . Armontel.
GEORGES . . . . Michel Vitold.
SIBILOT . . . . Jean Parédès.
MOUTON . . . . Jean Toulout.
LERMINIER . . . . Daniel Menda ile.
CHARIVET . . . . Max Mégy.
NERCIAT . . . . Georges Sellier.
BERGERAT . . . . Lefèvre-Bel.

CINQUIÈME TABLEAU :
Un appartement au George-V

1er GARDE DU CORPS . . . . Pierre Duncan.
2e GARDE DU CORPS . . . . Bernard Aldone.
GARÇON FLEURISTE . . . . . Jacques Muller.
GEORGES . . . . Michel Vitold.
SIBILOT . . . . Jean Parédès.

MADAME CASTAGNIÉ . . . . . Christine Caron.
VÉRONIQUE . . . . Marie-Olivier.

SIXIÈME TABLEAU :
Salon chez Mme Bounoumi

BAUDOIN . . . . François Darbon.
CHAPUIS . . . . Michel Salina.
MADAME BOUNOUMI . . . . Suzanne Grey.
NERCIAT . . . . Georges Sellier.
PERDRIÈRE . . . . André Bugnard.
CHARIVET . . . . Max Mégy.
BERGERAT . . . . Lefèvre-Bel.
LERMINIER . . . . Daniel Mendaille.
PÉRIGORD . . . . Clément Harari.
SECRÉTAIRE. . . . . Vera Pharès.
PHOTOGRAPHE . . . . . . Jacques Muller.
1er INVITÉ . . . . André Bonnardel.
2e INVITÉ . . . . Claude Rio.
1re INVITÉE . . . . Claude Bonneville.
2e INVITÉE . . . . Odile Adam.
3e INVITÉE . . . . Dominique Laurens.
4e INVITÉE . . . . Betty Garel.
PALOTIN . . . . Armontel.
MOUTON . . . . Jean Toulout.
DEMIDOFF . . . . Jean Le Poulain.
GOBLET . . . . R.-J. Chauffard.
GEORGES . . . . Michel Vitold.
SIBILOT . . . . Jean Parédès.
1er GARDE . . . . Pierre Duncan.
2e GARDE . . . . Bernard Aldone.

SEPTIÈME TABLEAU :
Salon de Sibilot

GEORGES . . . . Michel Vitold.
VÉRONIQUE . . . . Marie-Olivier.
CHAPUIS . . . . Michel Salina.

BAUDOIN	François Darbon.
1ᵉʳ INFIRMIER	Jean-Pierre Duclosse.
2ᵉ INFIRMIER	Ernest Varial.
GOBLET	R.-J. Chauffard.
DEMIDOFF	Jean Le Poulain

HUITIÈME TABLEAU :
Bureau de Palotin

NERCIAT	Georges Sellier.
CHARIVET	Max Mégy.
BERGERAT	Lefèvre-Bel.
LERMINIER	Daniel Mendaille.
PALOTIN	Armontel.
BAUDOIN	François Darbon.
CHAPUIS	Michel Salina.
MOUTON	Jean Toulout.
SIBILOT	Jean Parédès.
TAVERNIER	Robert Seller.
PÉRIGORD	Clément Harari.

PREMIER TABLEAU

Décor : *La berge de la Seine, près d'un pont.*
Clair de lune.

SCÈNE I

LE CLOCHARD *endormi*, LA CLOCHARDE *assise et rêvant.*

LA CLOCHARDE

Oh!

LE CLOCHARD, *à moitié réveillé.*

Eh!

LA CLOCHARDE

Ce qu'elle est jolie!

LE CLOCHARD

Quoi?

LA CLOCHARDE

La lune.

LE CLOCHARD

C'est pas joli, la lune : on la voit tous les jours.

LA CLOCHARDE

C'est joli parce que c'est rond.

LE CLOCHARD

De toute façon, c'est pour les riches. Et les étoiles aussi. (*Il se recouche et s'endort.*)

LA CLOCHARDE

Dis donc! Dis donc! (*Elle le secoue.*)

LE CLOCHARD

Est-ce que tu vas me foutre la paix?

LA CLOCHARDE, *très excitée.*

Là! Là! Là!

LE CLOCHARD, *se frottant les yeux.*

Où?

LA CLOCHARDE

Sur le pont, près du bec de gaz. C'en est un!

LE CLOCHARD

Ça n'aurait rien d'extraordinaire. C'est la saison à présent.

LA CLOCHARDE

Il regarde la lune. Ça m'amuse parce que moi, tout à l'heure, je la regardais aussi. Il ôte son veston. Il le plie. Il est pas mal, dis donc!

LE CLOCHARD

De toute façon, c'est une petite nature.

LA CLOCHARDE

Pourquoi?

LE CLOCHARD

Parce qu'il veut se noyer.

LA CLOCHARDE

Ça serait pourtant mon genre, la noyade. A condition de ne pas plonger. Je me coucherais sur le dos, je m'ouvrirais et l'eau m'entrerait de partout, comme un petit amant.

LE CLOCHARD

C'est que tu es femme. Un vrai mâle, quand il sort de ce monde, faut que ça pète. Ce garçon-là, ça ne m'étonnerait pas qu'il soit un peu féminin sur les bords. (*Il se recouche.*)

LA CLOCHARDE

Tu n'attends pas de le voir sauter?

LE CLOCHARD

Bien le temps. Tu me réveilleras quand il se sera décidé. (*Il s'endort.*)

LA CLOCHARDE, *à elle-même.*

C'est le moment que je préfère! Juste avant le plongeon. Ils ont l'air doux. Il se penche, il regarde la lune dans l'eau. L'eau coule, la lune ne coule pas. (*Secouant le clochard.*) Ça y est! Ça y est! (*Bruit de plongeon.*) Fièrement plongé, hein?

LE CLOCHARD

Bah! (*Il se lève.*)

LA CLOCHARDE

Où vas-tu?

LE CLOCHARD

Son veston! Il est resté là-haut.

LA CLOCHARDE

Tu ne vas pas me laisser seule avec ce noyé!

LE CLOCHARD

Tu n'as rien à craindre. Il est au fond. (*Il va pour sortir.*) Merde, il est pas mort.

LA CLOCHARDE

Hein?

LE CLOCHARD

C'est rien : c'est la tête qui reparaît. Juste la tête : c'est normal. (*Il se rassied.*) Seulement il faut que j'attende un peu. Tant qu'il est vivant, je touche pas au veston : ce serait du vol. (*Il fait claquer sa langue avec blâme.*) Ttttt!...

LA CLOCHARDE

Qu'est-ce qu'il y a?

LE CLOCHARD

Je n'aime pas ça.

LA CLOCHARDE

Mais quoi?

LE CLOCHARD

Il nage!

LA CLOCHARDE

Ah! tu n'es jamais content.

LE CLOCHARD

J'aime pas les tocards!

LA CLOCHARDE

Tocard ou non, il y passera.

LE CLOCHARD

N'empêche : c'est un tocard! Et puis le veston est foutu. Moi, au moins, j'attends le décès. Mais le premier qui passe sur le pont, je te parie qu'il n'a pas ma délicatesse. (*Il s'approche d'une bitte d'amarrage et déroule la corde qui l'entoure.*)

LA CLOCHARDE

Robert, qu'est-ce que tu fais?

LE CLOCHARD, *déroulant la corde.*

Je détache cette corde.

LA CLOCHARDE

Pour quoi faire?

LE CLOCHARD, *même jeu.*

Pour la lui jeter.

LA CLOCHARDE

Et pourquoi veux-tu la lui jeter?

LE CLOCHARD

Pour qu'il l'attrape.

LA CLOCHARDE

Arrête, malheureux! Laisse ça aux professionnels. Nous autres, clochards, faut qu'on soye un parterre de fleurs. Si tu te mets en avant, tu connaîtras ta douleur.

LE CLOCHARD, *convaincu.*

Vieille, tu parles comme un livre.

LA CLOCHARDE

Alors ne lui jette pas cette corde.

LE CLOCHARD

Il faut que je la lui jette.

LA CLOCHARDE

Pourquoi?

LE CLOCHARD

Parce qu'il nage.

LA CLOCHARDE, *elle s'approche du bord du quai.*

Arrête, alors! Arrête donc! Tu vois : c'est trop tard : il a coulé. Bon débarras.

LE CLOCHARD, *regarde à son tour.*

Misère de nous! (*Il se recouche.*)

LA CLOCHARDE

Et le veston? Tu ne vas pas le chercher?

LE CLOCHARD

Je n'ai plus le cœur à l'ouvrage. Voilà un homme mort faute de secours ; eh bien! ça me fait penser à moi : si on m'avait aidé, dans la vie... (*Il bâille.*)

LA CLOCHARDE

Vite, Robert, vite!

LE CLOCHARD

Laisse-moi dormir.

LA CLOCHARDE

Vite, je te dis! La corde! Il revient sur l'eau. (*Elle relève le clochard.*) Salaud! tu laisserais un homme dans la peine?

LE CLOCHARD, *il se lève en bâillant.*

Tu as donc changé d'avis?

LA CLOCHARDE

Oui.

LE CLOCHARD, *achevant de dérouler la corde.*
Pourquoi?

LA CLOCHARDE

Parce qu'il est revenu sur l'eau.

LE CLOCHARD

Allez donc comprendre les femmes. (*Il jette la corde.*)

LA CLOCHARDE

Bien visé! (*Indignée.*) Tu te rends compte : il ne la prend pas!

LE CLOCHARD, *ramenant la corde.*

Toutes les mêmes! Voilà un homme qui vient de se jeter à l'eau et tu voudrais qu'il s'en laisse sortir sans protester! Tu ne sais donc pas ce que c'e   que "honneur? (*Il rejette la corde.*)

LA CLOCHARDE

Il l'a prise! Il l'a prise!

LE CLOCHARD, *déçu.*

Même qu'il n'a pas fait beaucoup de manières. Je te dis qu'il est féminin sur les bords.

LA CLOCHARDE

Il se hale tout seul. Sauvé! Tu n'es pas fier de toi ?
Moi je me sens fière : c'est comme si tu m'avais fait
un enfant.

LE CLOCHARD

Tu vois! il n'y a pas que de mauvaises gens, dans la
vie. Moi, si j'avais rencontré quelqu'un comme moi
pour me tirer de la merde...

Paraît Georges ruisselant d'eau.

SCÈNE II

LES MÊMES, GEORGES.

GEORGES, *furieux.*

Bande de cons!

LA CLOCHARDE, *tristement.*

Et voilà!

LE CLOCHARD

Voilà l'ingratitude humaine.

GEORGES, *prenant le clochard par sa veste et le secouant.*

De quoi te mêles-tu, sac à poux ? Tu te prends pour
la Providence ?

LE CLOCHARD

On avait cru...

GEORGES

Rien du tout! La nuit est claire comme le jour et tu
ne pouvais pas te méprendre sur mes intentions. Je
voulais me tuer, entends-tu ? Êtes-vous tombés si bas
que vous ne respectiez plus la dernière volonté d'un
mourant ?

LE CLOCHARD

Vous n'étiez pas mourant.

GEORGES

Si, puisque j'allais mourir.

LE CLOCHARD

Vous n'alliez pas mourir puisque vous n'êtes pas mort.

GEORGES

Je ne suis pas mort parce que vous avez violé ma dernière volonté.

LE CLOCHARD

Laquelle?

GEORGES

Celle de mourir.

LE CLOCHARD

Ce n'était pas la dernière.

GEORGES

Si!

LE CLOCHARD

Non, puisque vous nagiez.

GEORGES

La belle affaire! Je nageais un tout petit peu en attendant de couler. Si vous n'aviez pas lancé la corde...

LE CLOCHARD

Eh! si vous ne l'aviez pas prise...

GEORGES

Je l'ai prise parce que j'y étais forcé.

LA CLOCHARDE

Forcé par quoi?

GEORGES

Tiens : par la nature humaine. C'est contre nature, le suicide!

LE CLOCHARD

Vous voyez bien!

GEORGES

Qu'est-ce que je vois? Tu es naturiste, toi? Je savais
bien qu'elle protesterait, ma nature, mais je m'étais
arrangé pour qu'elle proteste trop tard : le froid se char-
geait de m'engourdir et l'eau de me bâillonner. Tout
était prévu, tout, sauf qu'un vieillard stupide irait
spéculer sur mes bas instincts!

LE CLOCHARD

Nous ne pensions pas à mal.

GEORGES

Voilà bien ce que je vous reproche! Tout le monde
pense à mal : est-ce que tu ne pouvais pas faire comme
tout le monde? Si tu avais pensé à mal, tu aurais at-
tendu gentiment que je coule, tu serais monté sur le
pont, en douce, pour ramasser le veston que j'y ai laissé
et tu aurais fait trois heureux : moi qui serais mort et
vous deux qui auriez gagné trois mille francs.

LE CLOCHARD

Le veston vaut trois mille francs! (*Il veut s'esquiver.
Georges le rattrape.*)

GEORGES

Trois mille au bas mot; peut-être quatre. (*Le clochard veut s'esquiver, Georges le rattrape.*) Reste ici!
Tant que je vis, mes vêtements m'appartiennent.

LE CLOCHARD

Hélas!

GEORGES

Un beau veston tout neuf, bien chaud, à la dernière
mode, doublé de soie, avec des poches intérieures!
Il te passera sous le nez : je l'emporterai dans la mort.
As-tu compris, imbécile? Ton intérêt, c'était que je
meure.

LE CLOCHARD

Je le savais, Monsieur, je n'avais souci que du vôtre.

GEORGES, *violent.*

Qu'est-ce que tu as dit ? Menteur !

LE CLOCHARD

Je voulais vous rendre service.

GEORGES

Tu mens ! (*Le clochard veut protester.*) Pas un mot ou je cogne.

LE CLOCHARD

Cognez tant que vous voudrez : je dis la vérité.

GEORGES

J'ai vécu trente-cinq ans, vieillard, j'ai fait l'expérience de toutes les bassesses et je croyais connaître le cœur de l'homme. Mais il aura fallu que j'attende mon dernier jour pour qu'une créature humaine ose me déclarer en face (*désignant le fleuve*) et devant mon lit de mort qu'elle a voulu me rendre service ! Personne, entends-tu bien, personne n'a jamais rendu service à personne. Heureusement ! Sais-tu que je serais ton obligé ? Ton obligé moi ? Tu vois : j'en ris, j'aime mieux en rire. (*Pris d'un soupçon.*) Ote-moi d'un doute : t'imaginerais-tu, par hasard, que je te dois la vie ? (*Il le secoue.*) Réponds !

LE CLOCHARD

Non, Monsieur, non !

GEORGES

A qui est-elle, ma vie ?

LE CLOCHARD

Elle est à vous. Entièrement à vous.

GEORGES, *lâchant le clochard.*

Oui, vieillard, elle est à moi ; je ne la dois à personne, pas même à mes parents qui furent victimes d'une erreur

de calcul. Qui m'a nourri, élevé ? Qui a consolé mes
premiers chagrins ? Qui m'a protégé contre les dangers
du monde ? Moi ! Moi seul ! C'est à moi seul que je dois
des comptes. Je suis fils de mes œuvres ! (*Il reprend le
clochard au collet.*) Dis-moi la vraie raison qui t'a poussé !
Je veux la savoir avant de mourir. L'argent, hein ?
Vous pensiez que j'allais vous en donner ?

LE CLOCHARD

Monsieur, quand on se tue, c'est qu'on n'en a pas.

GEORGES

Alors, il faut qu'il y ait autre chose. (*Illuminé brusquement.*) Parbleu ! c'est que vous êtes des monstres
d'orgueil.

LE CLOCHARD, *stupéfait.*

Nous ?

GEORGES

Tu t'es dit : « Voilà un homme de qualité, bien mis,
bien pris, dont le visage, sans être régulièrement beau,
respire l'intelligence et l'énergie : assurément ce monsieur sait ce qu'il veut : s'il a décidé de mettre fin à ses
jours, ce doit être pour des raisons capitales. Eh bien !
moi, moi, le rat d'égout, le cloporte, la taupe infecte à
la cervelle pourrie, je vois plus clair que cet homme-là,
je connais ses intérêts mieux qu'il ne fait et je décide
à sa place qu'il vivra ! » Ce n'est pas de l'orgueil ?

LE CLOCHARD

Ma foi...

GEORGES

Néron arrachait des esclaves à leurs épouses pour les
jeter aux poissons ; et toi, plus cruel que lui, tu m'arra-
ches aux poissons pour me jeter aux hommes. T'es-tu
seulement demandé ce qu'ils voulaient faire de moi,
les hommes ? Non : tu n'as suivi que ton caprice.
Pauvre France, que va-t-elle devenir si ses clochards
s'offrent des plaisirs d'empereur romain !

LE CLOCHARD, *effrayé.*

Monsieur...

GEORGES

D'empereur romain! Votre suprême jouissance, c'est
de faire manquer leur mort à ceux qui ont manqué
leur vie. Tapis dans l'ombre, vous guettez le désespéré
du jour pour tirer ses ficelles.

LE CLOCHARD

Quelles ficelles?

GEORGES

Ne fais pas l'innocent, Caligula! Des ficelles nous en
avons tous et nous dansons quand on sait les tirer. Je
suis payé pour le savoir : j'ai joué dix ans à ce jeu-là.
Seulement, moi, je n'aurais pas été m'attaquer, comme
vous faites, aux enfants martyrs, aux filles séduites et
aux pères de famille en chômage. J'allais trouver les
riches chez eux, au faîte de leur puissance, et je leur
vendais du vent! Ah! la vie est une partie de poker où
la paire de sept bat le carré pointu puisqu'un Caligula
de la pouille peut me faire danser au clair de lune, moi
qui manœuvrais les grands de la terre! (*Un temps.*)
Bon! Eh bien! je vais me noyer. Bonsoir.

LE CLOCHARD ET LA CLOCHARDE

Bonsoir.

GEORGES, *revenant sur eux.*

Vous n'allez pas recommencer?

LE CLOCHARD

Recommencer?

GEORGES

Oui! la corde, là, vous n'allez pas...

LE CLOCHARD

Oh! pour cela non! Je vous jure qu'on ne nous y
reprendra pas.

GEORGES

Si je me débats?

LA CLOCHARDE

Nous nous frotterons les mains.

GEORGES

Si j'appelle au secours?

LA CLOCHARDE

Nous chanterons pour couvrir votre voix.

GEORGES

Parfait! C'est parfait! (*Il ne bouge pas.*)

LE CLOCHARD

Bonsoir.

GEORGES

Que de temps perdu! Je devrais être mort depuis dix minutes.

LE CLOCHARD, *timidement.*

Oh! Monsieur, dix minutes, qu'est-ce que c'est?

LA CLOCHARDE

Quand on a, comme vous, l'Éternité devant soi.

GEORGES

Je voudrais vous y voir! Elle était devant moi, l'Éternité, c'est un fait. Seulement je l'ai laissée filer par votre faute, et je ne sais plus comment la rattraper.

LE CLOCHARD

Elle ne doit pas être loin.

GEORGES, *désignant le fleuve.*

Ne cherchez pas : elle est là. La question, c'est de l'y rejoindre. Comprenez-moi : j'avais la chance peu commune de passer sur un pont et d'être désespéré en

même temps ; ces coïncidences se retrouvent difficilement. La preuve, c'est que je n'y suis plus, sur le pont.
Et j'espère — je dis bien : *j'espère* — que je suis encore
désespéré. Ah ! les voilà !

LE CLOCHARD, sursautant.

Qui ?

GEORGES

Mes raisons de mourir. (*Il compte sur ses doigts.*)
Elles y sont toutes.

LE CLOCHARD, vite.

On ne veut pas vous retenir, Monsieur, mais puisque
vous les avez retrouvées...

LA CLOCHARDE, vite.

Si nous n'étions pas indiscrets...

LE CLOCHARD, vite.

Cela nous amuserait de les connaître.

LA CLOCHARDE, vite.

Nous voyons beaucoup de noyés ces temps-ci...

LE CLOCHARD, vite.

Mais ce n'est pas tous les jours qu'on a l'occasion de
leur parler.

GEORGES

Chavirez, les étoiles ! Ciel, remporte ta lune ! Il faut
un double soleil pour éclairer le fond de la bêtise humaine. (*Aux clochards.*) Osez-vous bien me demander
mes raisons de mourir ? C'est à moi, malheureux, c'est
à moi de vous demander vos raisons de vivre !

LE CLOCHARD

Nos raisons... (*A la clocharde.*) Tu les connais, toi ?

LA CLOCHARDE

Non.

LE CLOCHARD

On vit... C'est comme ça.

LA CLOCHARDE

Puisqu'on a commencé, autant continuer.

LE CLOCHARD

On arrivera toujours : pourquoi descendre en marche ?

GEORGES

Vous arriverez ; mais dans quel état ? Vous serez charognes avant d'être cadavres. Prenez la chance que je vous offre ; donnez-moi la main et sautons : à trois, la mort devient une partie de plaisir.

LA CLOCHARDE

Mais pourquoi mourir ?

GEORGES

Parce que vous êtes tombés. La vie, c'est une panique dans un théâtre en feu. Tout le monde cherche la sortie, personne ne la trouve, tout le monde cogne sur tout le monde. Malheur à ceux qui tombent : ils sont piétinés sur-le-champ. Sentez-vous le poids de quarante millions de Français qui vous marchent sur la gueule ? On ne marchera pas sur la mienne. J'ai piétiné tous mes voisins ; aujourd'hui je suis à terre : eh bien, bonsoir ! J'aime mieux bouffer des pissenlits que des semelles de soulier. Sais-tu que j'ai porté longtemps du poison dans le chaton d'une bague ? Quelle légèreté : j'étais mort d'avance, je planais au-dessus de l'entreprise humaine et je la considérais avec un détachement d'artiste. Et quelle fierté ! Ma mort et ma naissance, j'aurai tout tiré de moi ; fils de mes œuvres, je suis mon propre parricide. Sautons, camarades : l'unique différence entre l'homme et la bête, c'est qu'il peut se donner la mort et qu'elle ne le peut pas. (*Il essaie d'entraîner le clochard.*)

LE CLOCHARD

Sautez le premier, Monsieur : je demande à réfléchir.

GEORGES

Je ne t'ai donc pas convaincu?

LE CLOCHARD

Pas tout à fait.

GEORGES

Il est grand temps que je me supprime : je baisse. Pour convaincre, autrefois, je n'avais qu'à parler. (*A la clocharde.*) Et toi?

LA CLOCHARDE

Non!

GEORGES

Non?

LA CLOCHARDE

Sans façon.

GEORGES

Viens donc! Tu mourras dans les bras d'un artiste. (*Il cherche à l'entraîner.*)

LE CLOCHARD

Ma vieille, nom de Dieu, ma vieille! Elle est à moi : c'est ma femme. Au secours! Au secours!

GEORGES, *lâchant la clocharde.*

Tais-toi donc. Ils vont t'entendre. (*Lumières sur le pont et dans le lointain. Sifflets.*)

LES CLOCHARDS, *voyant les torches électriques.*

Les poulets!

GEORGES

C'est moi qu'ils cherchent!

LE CLOCHARD

Vous êtes casseur?

GEORGES, *blessé.*

Ai-je la mine d'un casseur, bonhomme? Je suis escroc.

(*Sifflets. Pensivement.*) La mort ou cinq ans de taule?
Voilà la question.

LE CLOCHARD, *regardant le pont.*

Ils ont l'air de vouloir descendre.

LA CLOCHARDE

Qu'est-ce que je t'avais dit, Robert? Ils vont nous
prendre pour ses complices et nous battre jusqu'au
sang. (*A Georges.*) Je vous en prie, Monsieur, si c'est
encore votre intention de vous tuer, ne vous gênez pas
pour nous. On vous serait même bien reconnaissants si
vous vous décidiez avant qu'on ait les flics sur les reins.
Monsieur, s'il vous plaît, rendez-nous ce service.

GEORGES

Je n'ai jamais rendu service à personne et ce n'est
pas le jour de ma mort que je vais commencer. (*Le
clochard et la clocharde se consultent du regard, puis se
jettent sur Georges et tentent de le pousser à l'eau.*) Hé là!
Que faites-vous?

LE CLOCHARD

On vous donne un coup de main, Monsieur.

LA CLOCHARDE

Comme c'est le premier pas qui coûte...

LE CLOCHARD

On veut vous le faciliter.

GEORGES

Voulez-vous me lâcher!

LE CLOCHARD, *poussant.*

N'oubliez pas que vous êtes à terre, Monsieur.

LA CLOCHARDE

Tombé, fini, lessivé!

LE CLOCHARD

Et qu'on va vous marcher sur la gueule!

GEORGES

Allez-vous noyer votre enfant?

LA CLOCHARDE

Notre enfant?

GEORGES

Je suis votre enfant. C'est toi qui l'as dit tout à l'heure. (*Il les repousse et les fait tomber par terre.*) J'ai des droits sur vous, infanticides! A vous de protéger le fils que vous avez mis au monde contre son gré! (*Regardant à droite et à gauche.*) Ai-je le temps de fuir?

LE CLOCHARD

Ils viennent des deux côtés.

GEORGES

S'ils me prennent, ils vous battent : donc mes intérêts sont les vôtres. Voilà ce que j'aime : en me sauvant, vous vous sauverez et je ne vous devrai rien ; pas même de la reconnaissance. Qu'est-ce que c'est que ça? (*Il désigne une tache sombre sur le quai.*)

LE CLOCHARD

C'est mon costume de rechange.

GEORGES

Donne-le-moi. (*Le clochard le lui donne.*) Parfait! (*Il ôte son pantalon et met le costume.*) Quelle saloperie : c'est plein de poux. (*Il jette son pantalon dans la Seine.*) Frictionnez-moi!

LE CLOCHARD

On n'est pas vos domestiques.

GEORGES

Vous êtes mon père et ma mère. Frictionnez-moi ou

je frappe. (*Ils le frictionnent.*) Les voilà! Je me couche
et je dors. Dites que je suis votre fils. (*Il se couche.*)

LE CLOCHARD

Ils ne vont pas nous croire.

GEORGES

Ils vous croiront si vous laissez parler votre cœur.

SCÈNE III

LES MÊMES, L'INSPECTEUR GOBLET, DEUX AGENTS.

L'INSPECTEUR

Bonjour, mes jolis.

LE CLOCHARD, *grognement indistinct.*

Hon!

L'INSPECTEUR

Qui est-ce qui a crié?

LA CLOCHARDE

Quand?

L'INSPECTEUR

Tout à l'heure.

LA CLOCHARDE, *désignant son mari.*

C'était lui.

L'INSPECTEUR

Pourquoi criait-il?

LA CLOCHARDE

Je le battais.

L'INSPECTEUR

C'est vrai, ce qu'elle dit? Réponds! (*Il le secoue.*)

3

LE CLOCHARD

Ne me touchez pas! Nous sommes en République et j'ai le droit de crier quand ma femme me bat.

L'INSPECTEUR

Chut! Chut! Sois bien patient, bien doux : je suis de la police.

LE CLOCHARD

Je n'ai pas peur de la police.

L'INSPECTEUR

C'est un tort.

LE CLOCHARD

Pourquoi? Je n'ai rien fait de mal.

L'INSPECTEUR

Prouve-le.

LE CLOCHARD

C'est à vous de prouver que je suis coupable.

L'INSPECTEUR

Je ne demanderais pas mieux, mais la police est pauvre : aux preuves, qui sont hors de prix, nous préférons les aveux, qui ne coûtent rien.

LE CLOCHARD

Je n'ai pas fait d'aveux.

L'INSPECTEUR

Sois tranquille, tu en feras : tout se passera dans la légalité. (*Aux agents.*) Embarquez-les.

PREMIER AGENT

Qu'est-ce qu'on leur fait avouer, patron?

L'INSPECTEUR

Eh bien! le crime de Pontoise et la casse de Charenton. (*Ils entraînent les clochards.*) Arrêtez! (*Il va vers les clo-*

chards. Gentiment.) Est-ce qu'on ne pourrait pas s'arranger en copains, nous trois? Je serais désolé qu'on vous abîmât.

LA CLOCHARDE

On ne demande pas mieux, Inspecteur.

L'INSPECTEUR

Je cherche un homme. Trente-cinq ans, un mètre soixante-dix-huit, cheveux noirs, yeux gris, costume de tweed, très élégant. L'avez-vous vu?

LE CLOCHARD

Quand?

L'INSPECTEUR

Cette nuit.

LE CLOCHARD

Ma foi non. (*A la clocharde.*) Et toi?

LA CLOCHARDE

Oh non! un si bel homme, vous pensez bien que je l'aurais remarqué! (*Georges éternue.*)

L'INSPECTEUR

Qui est-ce?

LA CLOCHARDE

C'est notre grand fils.

L'INSPECTEUR

Pourquoi claque-t-il des dents?

LA CLOCHARDE

Parce qu'il dort.

LE CLOCHARD

Quand il dort, il claque des dents; c'est depuis l'enfance.

L'INSPECTEUR, *aux agents.*

Secouez-le. (*On secoue Georges qui se redresse et se frotte les yeux.*)

GEORGES

Quand on a des gueules comme les vôtres, ça devrait être défendu de réveiller les gens en sursaut.

L'INSPECTEUR, *se présentant.*

Inspecteur Goblet. Sois poli.

GEORGES

Poli ? Je n'ai rien fait : trop honnête pour être poli. (*A la clocharde.*) Je rêvais, maman.

L'INSPECTEUR

Les cris de ton père ne t'ont pas réveillé ?

GEORGES

Il a crié ?

L'INSPECTEUR

Comme un cochon qu'on égorge.

GEORGES

Il crie tout le temps : j'ai l'habitude.

L'INSPECTEUR

Tout le temps ? Pourquoi ?

GEORGES

Parce que ma mère le bat tout le temps.

L'INSPECTEUR

Elle le bat et tu ne l'en empêches pas ? Pourquoi ?

GEORGES

Parce que je suis du parti de maman.

L'INSPECTEUR

As-tu vu un grand brun aux yeux gris, en costume de tweed ?

GEORGES

Si je l'ai vu, le salaud! C'est lui qui voulait me foutre à l'eau.

L'INSPECTEUR

Quand? Où?

GEORGES

Dans mon rêve.

L'INSPECTEUR

Imbécile! (*Un agent entre en courant.*)

L'AGENT

On a trouvé son veston sur le pont.

L'INSPECTEUR

C'est qu'il a plongé. Ou qu'il veut nous le faire croire. (*Aux clochards.*) Vous n'avez rien entendu?

LA CLOCHARDE

Non.

L'INSPECTEUR, *aux agents.*

Vous croyez qu'il s'est noyé, vous?

PREMIER AGENT

M'étonnerait.

L'INSPECTEUR

Moi aussi. C'est un lion, ce type-là : il se battra jusqu'à son dernier souffle. (*Il s'assied au bord de l'eau.*) Asseyez-vous les gars. Si, si, asseyez-vous : nous sommes tous égaux devant l'échec. (*Les agents s'asseyent.*) Puisons notre réconfort dans le spectacle de la nature. Quel clair de lune! Voyez-vous la Grande Ourse? Oh! et la Petite! Par cette nuit merveilleuse, la chasse à l'homme devrait être un plaisir.

PREMIER AGENT

Hélas!

L'INSPECTEUR

Je l'ai dit au chef, vous savez. Je lui ai dit : « Patron, j'aime mieux vous dire que je ne l'attraperai pas! » Je suis un médiocre, moi, et je n'en ai pas honte : les médiocres sont le sel de la terre. Donnez-moi un assassin médiocre et je vous l'épingle en moins de deux : entre médiocres, on se comprend, on se prévoit. Mais cet homme-là, que voulez-vous, je ne le *sens* pas. C'est l'escroc du siècle, l'homme sans visage : cent deux escroqueries, pas une condamnation. Que puis-je faire? Le génie me met mal à l'aise : je ne le prévois pas. (*Aux agents.*) Où est-il? Que fait-il? Quelles sont ses réactions? Comment voulez-vous que je le sache : ces gens-là ne sont pas faits comme nous. (*Il se penche.*) Tiens? Qu'est-ce que c'est? (*Il repêche le pantalon.*) Son pantalon!

PREMIER AGENT

Il s'en sera débarrassé pour nager.

L'INSPECTEUR

Impossible : je l'ai retrouvé sur la troisième marche ; *au-dessus de l'eau!* (*Georges rampe sur la gauche et disparaît.*) Attendez un peu... Il s'est déshabillé ici. Il a fallu qu'il trouve des vêtements de rechange. Et ces vêtements... Parbleu! (*Il se retourne vers la place que Georges a quittée.*) Arrêtez-le! Arrêtez-le! (*Les agents se mettent à courir.*)

LE CLOCHARD

Irma?

LA CLOCHARDE

Robert?

LE CLOCHARD

Tu as compris?

LA CLOCHARDE

J'ai compris. Donne-moi la main.

LE CLOCHARD

Adieu, Irma.

LA CLOCHARDE

Robert, adieu.

L'INSPECTEUR, *se retournant sur eux.*

Quant à vous, mes salopards... (*Les deux clochards plongent debout en se tenant par la main.*) Repêchez-les! Repêchez-les! Arrêtez-le! Arrêtez-le! (*Les agents accourent et se jettent à l'eau. L'inspecteur s'éponge le front.*) J'avais bien dit que je ne l'attraperais pas!

RIDEAU

DEUXIÈME TABLEAU

Décor : Le bureau de Jules Palotin, Directeur de Soir
à Paris. Un grand bureau pour lui. Un petit pour la
secrétaire. Chaises, téléphone, etc. Des affiches de Soir
à Paris. Une glace. Au mur, trois photos de Palotin.

SCÈNE I

JULES, LA SECRÉTAIRE.

JULES, *regardant des photos qui le représentent.*

Elles me ressemblent assez. Qu'en dis-tu?

LA SECRÉTAIRE

Je préfère celle-là.

JULES

Prends des punaises : on va les mettre au mur. (*Ils mettent les photos au mur tout en parlant.*)

LA SECRÉTAIRE

Le Conseil d'Administration s'est réuni.

JULES

Quand?

LA SECRÉTAIRE

Hier.

JULES

Sans m'aviser? Cela ne sent pas bon. Qu'ont-ils dit?

LA SECRÉTAIRE

Lucien a tenté d'écouter, mais ils parlaient trop bas.
À la sortie, le Président a dit qu'il passerait vous voir
aujourd'hui.

JULES

Ça pue! Fifi! Ça pue! Ce vieux grigou veut ma peau.
(*Téléphone.*)

LA SECRÉTAIRE

Allô, oui. Bien, Monsieur le Président. (*A Jules.*)
Qu'est-ce que je disais? C'est lui : il demande si vous
pourrez le recevoir dans une heure.

JULES

Bien sûr, puisque je ne peux pas l'empêcher.

LA SECRÉTAIRE

Oui, Monsieur le Président. Bien, Monsieur le Président. (*Elle raccroche.*)

JULES

Ladre! Fesse-mathieu! Grigou! (*On frappe à la
porte.*) Qu'est-ce que c'est?

> *La porte s'ouvre. Sibilot paraît.*

SCÈNE II

SIBILOT, JULES, LA SECRÉTAIRE.

JULES

C'est toi, Sibilot? Entre. Qu'est-ce que tu veux?
J'ai trois minutes à t'accorder. (*Sibilot entre.*) Assieds-
toi. (*Jules ne s'assied jamais. Il marche à travers la
pièce.*) Eh bien? Parle.

SIBILOT

Il y a sept ans, patron, vous décidâtes de consacrer
la cinq à combattre la propagande communiste et vous

me fîtes l'honneur de me la confier tout entière. Depuis,
je m'épuise à la tâche ; je compte pour rien d'avoir
perdu ma santé, mes cheveux, ma bonne humeur et si,
pour vous servir, il fallait devenir plus triste et plus
quinteux encore, je n'hésiterais pas un instant. Mais il
est un bien auquel je ne puis renoncer sans que le journal lui-même en souffre : c'est la sécurité matérielle.
La lutte contre les séparatistes exige de l'invention,
du tact et de la sensibilité ; pour frapper les esprits,
je ne crains pas d'avancer qu'il faut être un peu vision-
naire. Ces qualités ne m'ont pas été refusées, mais
comment les conserverai-je, si les soucis extérieurs me
rongent ? Comment trouver l'épigramme vengeresse,
la remarque au vitriol, le mot qui ne pardonne pas,
comment peindre l'Apocalypse qui nous menace et
prophétiser la fin du monde si mes souliers prennent
l'eau et si je ne puis les faire ressemeler ?

JULES

Combien gagnes-tu ?

SIBILOT, *désignant la dactylo.*

Demandez-lui de sortir. (*Jules le regarde avec surprise.*)
Je vous en prie : juste une minute.

JULES, *à la secrétaire.*

Va chercher la morasse. (*Elle sort.*) Qui t'empêche de
parler devant elle ?

SIBILOT

J'ai honte d'avouer ce que je gagne.

JULES

C'est trop ?

SIBILOT

Trop peu.

JULES

Voyons cela.

SIBILOT

Soixante-dix mille.

JULES

Par an?

SIBILOT

Par mois.

JULES

Mais c'est un salaire très honnête et je ne vois pas ce qui te fait honte.

SIBILOT

Je dis à tout le monde que j'en gagne cent.

JULES

Eh bien! continue. Tiens : je te permets de monter jusqu'à cent vingt : on croira que tu en gagnes quatre-vingt-dix.

SIBILOT

Merci, patron... (*Un temps.*) Vous ne pourriez pas me les donner pour de vrai?

JULES, *sursautant.*

Les cent vingt?

SIBILOT

Oh! non : les quatre-vingt-dix. Depuis cinq ans ma femme est en clinique et je ne peux plus suffire à son entretien.

JULES, *se touchant le front.*

Elle est... (*Sibilot fait un signe d'assentiment.*) Incurable? (*Nouveau signe d'assentiment.*) Mon pauvre vieux. (*Un temps.*) Et ta fille? Je croyais qu'elle t'aidait?

SIBILOT

Elle fait ce qu'elle peut, mais elle n'est pas riche. Et puis elle n'a pas mes idées.

JULES

L'argent n'a pas d'idées, voyons!

SIBILOT

C'est que... elle est progressiste.

JULES

Va! Va! Cela lui passera.

SIBILOT

En attendant, je boucle mon budget avec l'or de Moscou. Pour un professionnel de l'anticommunisme, c'est gênant.

JULES

Au contraire : tu fais ton devoir. Tant que cet or reste entre tes mains, il ne peut pas nuire.

SIBILOT

Même avec l'or de Moscou, les fins de mois sont un cauchemar!

JULES, *pris d'un soupçon.*

Regarde-moi, Sibilot. Dans les yeux. Droit dans les yeux : aimes-tu ton métier?

SIBILOT

Oui, patron.

JULES

Hum! Et moi, mon enfant, m'aimes-tu?

SIBILOT

Oui, patron.

JULES

Eh bien, dis-le!

SIBILOT

Patron, je vous aime.

JULES

Dis-le mieux que cela!

SIBILOT

Je vous aime!

JULES

C'est mou! mou! mou! Sibilot, notre journal est un acte d'amour, le trait d'union entre les classes, et je veux que mes collaborateurs y travaillent par amour. Je ne te garderais pas un instant de plus si je te soupçonnais de faire ton métier par appétit du gain.

SIBILOT

Vous savez, patron, l'amour, à la cinq, je n'ai pas souvent l'occasion...

JULES

Quelle erreur, Sibilot! A la cinq, l'amour est entre les lignes. Tu te bats pour l'amour de l'amour contre les gredins qui veulent retarder la fraternisation des classes en empêchant la bourgeoisie d'intégrer son prolétariat. C'est une tâche grandiose : j'en connais qui se feraient un devoir de la remplir pour rien. Et toi, toi qui as la chance de servir la plus noble des causes et d'être payé par-dessus le marché, tu oses me réclamer une augmentation? (*La secrétaire rentre avec le journal.*) Laisse-nous. J'étudierai ton cas avec bienveillance

SIBILOT

Merci, patron.

JULES

Je ne te promets rien.

SIBILOT

Merci, patron.

JULES

Je t'appellerai quand j'aurai pris ma décision. Au revoir, mon ami.

SIBILOT

Au revoir, patron. Et merci. (*Il sort.*)

SCÈNE III

JULES, LA SECRÉTAIRE.

JULES, *à la secrétaire.*

Il gagne soixante-dix billets par mois et il veut que je l'augmente. Qu'est-ce que tu en dis?

LA SECRÉTAIRE, *indignée.*

Oh!

JULES

Veille à ce qu'il ne mette plus les pieds ici. (*Il prend le journal et le parcourt.*) Oh! Oh! Oh! (*Il ouvre la porte de son bureau.*) Tavernier! Périgord! Conférence de Une! (*Entrent Tavernier et Périgord. La secrétaire sort.*)

SCÈNE IV

JULES, TAVERNIER, PÉRIGORD, LA SECRÉTAIRE.

JULES

Qu'est-ce qu'il y a, mes enfants? Des soucis de cœur? Des ennuis de santé?

TAVERNIER, *étonné.*

Ma foi non...

PÉRIGORD, *étonné.*

Je ne crois pas...

JULES

Alors on ne m'aime plus?

4

TAVERNIER

Oh! Jules.

PÉRIGORD

Tu sais très bien que tout le monde t'adore.

JULES

Non : vous ne m'adorez pas. Vous m'aimez un peu, parce que je suis aimable, mais vous ne m'adorez pas. Ce n'est pas le zèle qui vous manque, c'est l'ardeur. Voilà mon plus grand malheur : j'ai du feu dans les veines et je suis entouré par des tièdes!

TAVERNIER

Qu'est-ce que nous avons fait, Jules?

JULES

Vous m'avez saboté la Une en y collant des titres à faire rigoler les Papous.

PÉRIGORD

Qu'est-ce qu'il fallait mettre, patron?

JULES

C'est moi qui vous le demande, mes enfants. Proposez! (*Silence.*) Cherchez bien : je veux un titre locomotive, un titre atomique! Voilà huit jours que nous croupissons.

TAVERNIER

Il y a bien le Maroc.

JULES

Combien de morts?

PÉRIGORD

Dix-sept.

JULES

Tiens! Deux de plus qu'hier. A la deux. Et vous titrez : « Marrakech : touchantes manifestations de loyalisme. » En sous-titre : « Les éléments sains de la population réprouvent les factieux. » Nous avons une photo de l'ex-sultan jouant aux boules ?

TAVERNIER

Elle est aux archives.

JULES

A la Une. Ventre. Légende : « L'ex-sultan du Maroc semble s'habituer à sa nouvelle résidence. »

PÉRIGORD

Tout cela ne donne pas le gros titre.

JULES

En effet. (*Il réfléchit.*) Adenauer ?

TAVERNIER

Il nous a engueulés hier.

JULES

Dédaignons : pas un mot. La guerre ? Comment est-elle, aujourd'hui ? Froide ? Chaude ?

PÉRIGORD

Bonne.

JULES

Tiède, en somme. Elle vous ressemble. (*Périgord lève le doigt.*) Tu as un titre ?

PÉRIGORD

« La guerre s'éloigne. »

JULES

Non, mes enfants, non. Qu'elle s'éloigne tant qu'elle veut, la guerre. Mais pas à la Une. A la Une, les guerres se rapprochent. A Washington ? Personne n'a babillé ? Ike ? Dulles ?

PÉRIGORD

Muets.

JULES

Qu'est-ce qu'ils foutent? (*Tavernier lève le doigt.*)
Vas-y.

TAVERNIER

« Silence inquiétant de l'Amérique. »

JULES

Non.

TAVERNIER

Mais...

JULES

L'Amérique n'inquiète pas : elle rassure.

PÉRIGORD

« Silence rassurant de l'Amérique. »

JULES

Rassurant! Mais, mon vieux, je ne suis pas seul : j'ai
des devoirs envers les actionnaires. Tu parles que je
vais m'amuser à foutre « rassurant » en gros titre pour
que les gens puissent le voir de loin. S'ils sont rassurés
d'avance, pourquoi veux-tu qu'ils m'achètent le journal?

TAVERNIER, *levant le doigt.*

« Silence inquiétant de l'U. R. S. S. »

JULES

Inquiétant? L'U. R. S. S. t'inquiète à présent? Et
la bombe H, alors? Qu'est-ce que c'est? Du mouron
pour les oiseaux?

PÉRIGORD

Je propose un sur-titre : « L'Amérique ne prend pas
au tragique le... » et, au-dessous : « Silence inquiétant
de l'U. R. S. S. »

JULES

Tu taquines l'Amérique, mon petit! Tu lui cherches
des poux!

PÉRIGORD

Moi?

JULES

Parbleu! S'il est inquiétant, ce silence, l'Amérique
a tort de ne pas s'en inquiéter.

PÉRIGORD

« Washington ne prend ni au tragique, ni à la légère
le SILENCE INQUIÉTANT DE L'U. R. S. S. »

JULES

Qu'est-ce que c'est que ça? Un titre de journal ou
la charge des éléphants sauvages. Du rythme, bon Dieu,
du rythme. Il faut aller vite! vite! vite! Ça ne s'écrit
pas, un journal, ça se danse. Sais-tu comment on l'écrirait,
ton titre, chez les Amerlauds : « U. R. S. S. : Silence ;
U. S. A. : Sourires. » Voilà du swing! Ah! que n'ai-je
des collaborateurs américains! (*La secrétaire entre.*)
Qu'est-ce que c'est?

LA SECRÉTAIRE

Le maire de Travadja.

JULES, *à Périgord.*

Les photographes sont là?

PÉRIGORD

Non.

JULES

Comment! Tu n'as pas convoqué les photographes?

PÉRIGORD

Mais je ne savais pas...

JULES

Faites attendre et ramassez tous les photographes de
la maison! (*A Périgord.*) Combien de fois t'ai-je dit que
je veux un journal humain! (*La secrétaire est sortie.*)
Nous sommes beaucoup trop loin du lecteur : il faut

désormais que *Soir à Paris* s'associe dans toutes les
mémoires à un visage familier, souriant, attendri. Quel
visage, Tavernier ?

TAVERNIER

Le tien, Jules.

JULES, *à Périgord.*

Travadja a été détruite par une avalanche et son
maire vient recevoir le produit de la collecte que nous
avons organisée ; comment n'as-tu pas compris, Périgord, que c'était l'occasion pour moi d'apparaître, pour
la première fois, à notre clientèle et de lui refléter sa
propre générosité ? (*La secrétaire entre.*)

LA SECRÉTAIRE

Les photographes sont là.

JULES

Faites entrer le maire. (*Elle sort.*) Où est Travadja ?
Vite !

PÉRIGORD

Au Pérou.

JULES

Tu es sûr ? Je croyais que c'était au Chili.

PÉRIGORD

Tu dois le savoir mieux que moi.

JULES

Et toi ? Qu'est-ce que tu en penses ?

TAVERNIER

J'aurais penché pour le Pérou mais tu as sûrement
raison : c'est...

JULES

Pas de pommade ! Je n'ai pas honte d'être autodi-
dacte ! Apportez la mappemonde ! (*Ils l'apportent. Jules
s'agenouille devant elle.*) Je ne trouve pas le Pérou.

TAVERNIER

En haut et à gauche. Pas si haut : là!

JULES

Dis donc, c'est un mouchoir de poche. Et Travadja?

TAVERNIER

C'est le point noir, à droite.

JULES, *sec.*

Tu as meilleure vue que moi, Tavernier.

TAVERNIER

Je te demande pardon, Jules.

>   *Le maire de Travadja entre, suivi des photographes.*

SCÈNE V

LE MAIRE DE TRAVADJA, JULES, TAVERNIER,
PÉRIGORD, LA SECRÉTAIRE, L'INTERPRÈTE, DES
PHOTOGRAPHES.

JULES

Nom de Dieu, où est le chèque? (*Il se fouille.*)

TAVERNIER

Dans ton veston.

JULES

Mais où est mon veston?

LE MAIRE, *comme s'il commençait une allocution.*
Na...

JULES, *pressé.*

Bonjour, Monsieur! Mettez-vous là. (*Aux photographes.*) Il est à vous. Occupez-le.

LE MAIRE

Na... (*Les photographes l'entourent. Éclairs de magné-
sium.*)

JULES

Tavernier, Périgord! Aidez-moi. (*A quatre pattes
sous les bureaux.*)

LE MAIRE

Na... (*Photos.*) Na... (*Photos.*)

JULES, *il sort son veston de dessous une table
et en tire un chèque. Cri de victoire.*

Je l'ai!

LE MAIRE

Na... (*Photos.*) Oujdja!... (*Il éclate en sanglots.*)

JULES, *aux photographes.*

Foncez! Bon Dieu! Foncez! (*A la secrétaire.*) Prenez
la légende : « Le maire de Travadja pleure de gratitude
devant notre directeur. » (*Les photographes ont pris
leurs photos. Le Maire pleure toujours. A l'interprète.*)
Dites-lui de s'arrêter. Les photos sont prises.

L'INTERPRÈTE

O ca ri.

LE MAIRE

Ou pe ca mi neu.

L'INTERPRÈTE

Il a préparé un discours dans l'avion. Il pleure parce
qu'on l'empêche de le prononcer.

JULES

Vous le traduirez et nous le publierons *in extenso.*

L'INTERPRÈTE

Ra ca cha pou!

LE MAIRE

Paim pon!

L'INTERPRÈTE

Il tient à le prononcer. Je me permets de vous faire
remarquer que la ville de Travadja est située à 3 810
mètres d'altitude et que l'air y est rare. Facilement
essoufflés, les orateurs ont appris la concision.

JULES

Vite! alors, vite!

LE MAIRE, *lentement.*

Navoki. Novoka. Kékoré.

L'INTERPRÈTE

Les enfants de Travadja n'oublieront jamais la générosité du peuple français. (*Un temps.*)

JULES

Après?

L'INTERPRÈTE

C'est tout.

JULES, *donnant le signal des applaudissements.*

Le merveilleux discours! (*A Périgord.*) Il sera tout de
même bon de l'étoffer. (*Au Maire.*) A nous deux, Travadja. (*Il lui tend le chèque. Le Maire le prend.*) Repre-
nez-le-lui! Vite! C'est pour les photographes. (*On reprend le chèque au Maire.*)

UN PHOTOGRAPHE, *déposant un bottin sur le plancher.*

Julot.

JULES

Eh?

LE PHOTOGRAPHE

Si tu voulais bien monter sur le bottin...

JULES

Pourquoi?

LE PHOTOGRAPHE

La générosité, ça se pratique de haut en bas.

JULES

Alors, mettez deux bottins. (*Il monte sur les bottins et tend le chèque. Le Maire prend le chèque. Flash.*)

LE PHOTOGRAPHE

Encore! (*Il reprend le chèque au Maire et le tend à Jules. Même jeu.*) Encore! (*Même jeu. Le Maire se met à pleurer.*)

JULES

Assez, nom de Dieu! Assez! (*Il met le chèque dans la main du Maire. A l'interprète.*) Comment dit-on : au revoir?

L'INTERPRÈTE

La pi da.

JULES, *au Maire.*

Lapida!

LE MAIRE

La pi da. (*Ils s'embrassent.*)

JULES, *serrant le Maire dans ses bras.*

Mes enfants, je crois que je pleure. Un flash, vite!

> *Photos. Jules écrase une larme et montre en souriant son doigt humide au Maire. Le Maire en fait autant et touche le doigt de Jules avec son doigt. Photo.*

JULES, *aux photographes.*

Promenez-le : Sacré-Cœur, Soldat Inconnu, Folies-Bergère. (*Au Maire.*) Lapida!

LE MAIRE, *sort à reculons en s'inclinant.*

La pi da, la pi da. (*Les photographes, l'interprète sortent.*)

SCÈNE VI

JULES, TAVERNIER, PÉRIGORD, LA SECRÉTAIRE.

JULES

Mes enfants, y a-t-il un plus grand plaisir que de faire le bien? (*Brusquement.*) Oh! Oh! Oh!

PÉRIGORD, *inquiet.*

Jules...

JULES

Du silence, mes enfants : je sens venir une idée.

PÉRIGORD, *à la dactylo.*

Arrête, Fifi, arrête : voici l'Idée! (*Silence. Jules marche de long en large.*)

JULES

Quel jour sommes-nous?

PÉRIGORD

Mardi.

JULES

Parfait. Je veux un jour de bonté par semaine : ce sera le mercredi. Je compte sur toi, Périgord : dès le vendredi, trouve des réfugiés, des rescapés, des survivants, des orphelins tout nus. Le samedi, tu ouvres la collecte et le mercredi, tu annonces les résultats. Compris, mon petit gars? Qu'est-ce que tu nous prépares, pour mercredi prochain?

PÉRIGORD

Eh bien... je... Pourquoi pas les sans-logis?

JULES

Les sans-logis? Excellent! Où habitent-ils, tes sans-logis? A Caracas? A Porto-Rico?

PÉRIGORD

Je pensais à ceux de chez nous.

JULES

Tu es fou! Il faut que nos sinistrés soient victimes de catastrophes strictement naturelles : sinon, tu vas galvauder l'amour dans des histoires sordides d'injustice sociale. Vous rappelez-vous notre campagne : « Tout le monde est heureux » ? Nous n'avons pas convaincu tout à fait tout le monde à l'époque. Eh bien ! nous lancerons cette année une campagne nouvelle : « Tout le monde est bon » et vous verrez : tout le monde nous croira. Voilà ce que j'appelle, moi, la meilleure propagande contre le communisme. Au titre, les enfants ! Au titre ! Qu'est-ce que vous proposiez ?

TAVERNIER

On ne proposait rien, Jules. On était dans le cirage.

PÉRIGORD

A part les dix-sept morts marocains...

TAVERNIER, *enchaînant.*

... deux suicides, un miracle à Trouville, des échanges de notes diplomatiques, un vol de bijoux...

PÉRIGORD, *enchaînant.*

... quatre accidents de route et deux incidents de frontière...

TAVERNIER, *enchaînant.*

... il n'est rien arrivé du tout.

JULES

Rien de neuf! Et vous vous plaignez? Qu'est-ce qu'il vous faut? La prise de la Bastille? Le Serment du Jeu de Paume? Mes enfants, je suis un journal gouvernemental et ce n'est pas à moi d'écrire l'histoire, puisque le gouvernement s'obstine à ne pas la faire et que le public n'en veut pas. A chacun son métier : la grande histoire aux historiens, aux grands quotidiens, le quotidien. Et le quotidien, c'est le contraire du neuf : c'est ce qui se reproduit tous les jours depuis la création du monde : homicides, vols, détournements de mineurs, jolis gestes et prix de vertu. (*Téléphone.*) Qu'est-ce que c'est ?

LA SECRÉTAIRE, *qui a décroché.*

C'est Lancelot, patron.

JULES

Allô ? Oh ! Ah ! A quelle heure ? Bon, bon, bon. (*Il raccroche.*) Votre titre est trouvé, les enfants : Georges de Valera vient de s'échapper.

PÉRIGORD

L'escroc ?

TAVERNIER

L'homme des cinquante millions ?

JULES

Lui-même. C'est le Génie du Siècle. Vous mettrez sa photo à la Une à côté de la mienne.

TAVERNIER

Le Bien et le Mal, patron.

JULES

L'attendrissement et l'indignation sont des sentiments digestifs : n'oubliez pas que notre journal tombe l'après-midi. (*Téléphone.*) Quoi ? Quoi ? Quoi ? Non ! Non ! On n'a pas de détails ? Oh ! Oh ! Oh ! Bon. (*Il raccroche.*) Nom de Dieu de nom de Dieu de nom de Dieu !

TAVERNIER

On l'a rattrapé ?

JULES

Non, mais les gros titres ne viennent jamais seuls. Tout à l'heure j'en manquais ; à présent, j'en ai un de trop.

TAVERNIER

Qu'est-ce qui est arrivé ?

JULES

Le ministre de l'Intérieur soviétique a disparu.

PÉRIGORD

Nekrassov ? Il est en taule ?

JULES

C'est bien plus drôle, il aurait choisi la liberté.

PÉRIGORD

Qu'est-ce qu'on en sait ?

JULES

Presque rien, c'est bien ce qui m'embête. Il n'était pas à l'Opéra, mardi dernier, et, depuis, personne ne l'a vu.

TAVERNIER

D'où vient la nouvelle ?

JULES

De Reuter et de l'A. F. P.

TAVERNIER

Et Tass ?

JULES

Pas un mot.

TAVERNIER

Hum !

JULES

Eh oui : hum !

TAVERNIER

Alors ? Que fait-on ? Nekrassov ou Valera ?

JULES

Nekrassov. Qu'on mette « Nekrassov disparu » et en sous-titre : « Le ministre de l'Intérieur soviétique aurait choisi la liberté. » Vous avez une photo ?

PÉRIGORD

Tu la connais, Jules : on dirait un pirate, il porte une patte sur l'œil droit.

JULES

Vous la mettrez à côté de la mienne pour garder le contraste du Bien et du Mal.

PÉRIGORD

Et celle de Valera ?

JULES

A la quatre ! (*Téléphone.*) Si c'est un gros titre, je fais un malheur.

LA SECRÉTAIRE

Allô ? Oui. Oui, Monsieur le Président. (*A Jules.*) C'est le Président du Conseil d'Administration.

JULES

Faites monter le grigou !

LA SECRÉTAIRE, *à l'appareil.*

Oui, Monsieur le Président. Tout de suite, Monsieur le Président. (*Elle raccroche.*)

JULES, *à Tavernier et à Périgord.*

Disparaissez, les enfants. A tout à l'heure.

Périgord et Tavernier sortent. Jules considère son veston avec perplexité, puis, après un instant d'hésitation, il le met.

SCÈNE VII

JULES, MOUTON, LA SECRÉTAIRE.

JULES

Bonjour, mon cher Président.

MOUTON

Bonjour, mon cher Palotin. (*Il s'assied.*) Asseyez-vous donc.

JULES

Si vous n'y voyez pas d'inconvénients, je préfère rester debout.

MOUTON

J'y vois beaucoup d'inconvénients. Comment voulez-vous que je vous parle si je dois vous chercher sans cesse aux quatre coins de ce bureau?

JULES

Ce sera comme vous voudrez! (*Il s'assied.*)

MOUTON

Je viens vous annoncer une excellente nouvelle : le ministre de l'Intérieur m'a téléphoné hier et il a bien voulu me laisser entendre qu'il envisageait de nous concéder l'exclusivité des Annonces du Travail.

JULES

Les Annonces du Travail? C'est... c'est inespéré!...

MOUTON

N'est-ce pas? A l'issue de cet entretien téléphonique, j'ai pris sur moi de réunir le Conseil et tous nos amis sont d'accord pour souligner l'extrême importance de cette décision : nous pourrons améliorer la qualité du journal en réduisant les frais.

JULES

Nous paraîtrons sur vingt pages; nous coulerons *Paris-Presse* et *France-Soir!*

MOUTON

Nous serons le premier quotidien à publier des photos en couleur.

JULES

Et qu'est-ce qu'il demande en retour, le Ministre?

MOUTON

Voyons, cher ami! Rien! Rien du tout! Nous acceptons la faveur quand elle reconnaît le mérite et nous la repoussons quand elle prétend acheter les consciences. Le Ministre est jeune, allant, sportif! Il veut galvaniser ses collègues, faire un gouvernement vraiment moderne. Et, comme *Soir à Paris* est un journal gouvernemental, on lui donne les moyens de se moderniser. Le Ministre a même eu ce mot délicieux : « Que la feuille de chou devienne une feuille de choc! »

JULES, *rit aux éclats, puis brusquement sérieux.*

Il m'a traité de feuille de chou?

MOUTON

C'était une boutade. Mais il faut bien que je vous le dise, certains de mes collègues m'ont fait remarquer que *Soir à Paris* s'endort un peu. La tenue du journal est parfaite, mais on n'y trouve plus ce mordant, ce chien qui ont fait l'engouement du public.

JULES

Il faut tenir compte de la détente internationale. Périgord me disait très justement tout à l'heure qu'il ne se passe rien.

MOUTON

Bien sûr! Bien sûr! Vous savez que je vous défends toujours. Mais je comprends le Ministre . « La virulence, m'a-t-il dit, sera le New-Look de la politique française. » Il nous avantagera sur nos confrères lorsque nous aurons fait nos preuves. Or voici que l'occasion se présente de montrer que nous avons la « virulence » requise. En substance, voici ce que le Ministre a bien voulu m'apprendre : des élections partielles vont avoir lieu en

Seine-et-Marne. C'est la circonscription que les communistes ont choisie pour tenter une épreuve de force. Cette épreuve, le cabinet l'accepte ; les élections se feront pour ou contre le réarmement allemand. Vous connaissez Mme Bounoumi : c'est la candidate du gouvernement. Cette épouse chrétienne, mère de douze enfants vivants, sent battre le cœur des foules françaises. Sa propagande simple et touchante devrait servir d'exemple à nos hommes politiques et aux directeurs de nos grands quotidiens. Voyez cette affiche : (*Il sort une affiche de sa serviette et la déroule. On lit :* « *Vers la Fraternité par le Réarmement* » *et plus bas* « *Pour protéger la Paix, tous les moyens sont bons, même la Guerre.* ») Comme elle est directe ! J'aimerais la voir à votre mur.

JULES, *à la secrétaire.*

Fifi ! Punaises ! (*La secrétaire met l'affiche au mur.*)

MOUTON

Si le mérite gagnait toujours, Mme Bounoumi l'emporterait sans peine. Malheureusement, la situation n'est pas très brillante : nous ne pouvons compter au départ que sur trois cent mille voix : les communistes en ont autant, peut-être un peu davantage ; une bonne moitié des électeurs s'abstiendra, comme à l'ordinaire. Reste une centaine de milliers de voix qui doivent se porter sur le député radical, Perdrière. Cela signifie qu'il y aura ballottage et que le communiste risque de passer au second tour.

JULES, *qui ne comprend pas.*

Ah ! Ah !

MOUTON

Pour éviter ce qu'il ne craint pas d'appeler un désastre, le Ministre ne voit qu'un moyen : obtenir le désistement de Perdrière au profit de Mme Bounoumi. Seulement voilà : Perdrière ne veut pas se désister.

JULES

Perdrière ? Mais je le connais : c'est l'ennemi juré des Soviets. Nous avons dîné à la même table.

MOUTON

Je le connais encore mieux : c'est mon voisin de campagne.

JULES

Il m'a tenu des propos très sensés.

MOUTON

Vous voulez dire qu'il condamnait la politique de
'U. R. S. S.?

JULES

C'est cela.

MOUTON

Voilà l'homme! Il déteste les communistes et ne veut
pas qu'on réarme l'Allemagne.

JULES

Surprenante contradiction!

MOUTON

Son attitude est purement sentimentale. Savez-vous
le fond de l'affaire? Les Allemands ont ravagé sa
propriété en 40 et, en 44, ils l'ont déporté.

JULES

Et alors?

MOUTON

C'est tout! Il ne veut rien apprendre et rien oublier.

JULES

Oh!

MOUTON

Et c'était, notez bien, une toute petite déportation
qui n'a duré que huit à dix mois.

JULES

La preuve, c'est qu'il en est revenu.

MOUTON, *haussant les épaules.*

Eh bien, voilà : il se bute sur des souvenirs ; il fait
de la germanophobie. Ce qui est d'autant plus absurde
que l'histoire ne se répète pas : à la prochaine Mondiale,
c'est la terre russe que les Allemands vont ravager, ce
sont les Russes qu'ils déporteront.

JULES

Parbleu!

MOUTON

Vous pensez bien qu'il le sait!

JULES

Cela n'ébranle pas ses convictions?

MOUTON

Au contraire! Si l'on mettait des Russes à Buchen-
wald, il prétend qu'il ne le souffrirait pas. (*Léger sourire.*) Quand on lui parle des Allemands, c'est le cas de
le dire qu'il voit rouge. (*Rire poli de Jules.*) Eh bien
voilà! vous savez tout : Perdrière craint les Allemands
plus que les Russes ; il se désistera si vous lui faites
craindre les Russes plus que les Allemands.

JULES

Si *vous* lui faites... Qui cela *vous*?

MOUTON

Vous.

JULES

Moi? Comment voulez-vous que je m'y prenne? Je
n'ai pas d'influence sur lui.

MOUTON

Il faut en acquérir.

JULES

Par quel moyen?

MOUTON

Ses cent mille électeurs lisent *Soir à Paris*.

JULES

Après?

MOUTON

Soyez virulent. Faites peur.

JULES

Peur? Mais je ne fais que cela : ma cinquième page
tout entière est consacrée au péril rouge.

MOUTON

Justement. (*Un léger silence.*) Mon cher Palotin, le
Conseil m'a chargé de vous dire que votre cinquième
page ne vaut plus rien du tout. (*Jules se lève.*)Mon ami,
je vous conjure de rester assis. (*Pressant.*) Faites-moi
ce plaisir. (*Jules se rassied.*) Autrefois, nous lisions la
cinq avec profit. Je me rappelle votre belle enquête :
« La Guerre, demain! » On transpirait d'angoisse. Et
vos montages photographiques : Staline entrant à che-
val dans Notre-Dame en flammes! De purs chefs-
d'œuvre. Mais voici plus d'un an que je note un relâ-
chement suspect, des oublis criminels. Vous parliez
de famine en U. R. S. S. et vous n'en parlez plus. Pourquoi? Prétendez-vous que les Russes mangent à leur
faim!

JULES

Moi? Je m'en garde bien.

MOUTON

L'autre jour, je vois votre photo : « Ménagères soviétiques faisant la queue devant un magasin d'alimen-
tation » et j'ai la stupeur de constater que certaines de
ces femmes sourient, que toutes portent des souliers.
Des souliers, à Moscou! Il s'agissait évidemment d'une
photo de propagande soviétique que vous avez prise,
par erreur, pour une photo de l'A. F. P. Des souliers!

Mais bon dieu de bois, il fallait au moins leur couper les pieds. Des sourires! En U. R. S. S.! Des sourires!

JULES

Je ne pouvais pas leur couper la tête.

MOUTON

Pourquoi pas? Vous l'avouerai-je? Je me suis demandé si vos opinions n'avaient pas changé!

JULES, *dignement.*

Je suis un journal objectif, un journal gouvernemental et mes opinions sont immuables tant que le gouvernement ne change pas les siennes.

MOUTON

Bien. Très bien. Et vous n'êtes pas inquiet?

JULES

Pourquoi le serais-je?

MOUTON

Parce que les gens commencent à se rassurer.

JULES

A se rassurer? Mon cher Président, vous ne croyez pas que vous exagérez?

MOUTON

Je n'exagère jamais. Il y a deux ans, on donnait un bal en plein air à Rocamadour. La foudre tombe inopinément à cent mètres de là. Panique : cent morts. Les survivants ont déclaré à l'enquête qu'ils s'étaient crus bombardés par un avion soviétique. Voilà qui prouve que la presse objective faisait bien son travail. Bon. Hier l'I. F. O. P. a publié les résultats de ses derniers sondages. En avez-vous pris connaissance?

JULES

Pas encore.

MOUTON

Les enquêteurs ont interrogé dix mille personnes de
tous les milieux et de toutes les conditions. A la question : « Où mourrez-vous ? » dix pour cent des sujets
ont répondu qu'ils n'en savaient rien et les autres —
c'est-à-dire la quasi-totalité — qu'ils mourraient dans
leurs lits.

JULES

Dans leurs lits ?

MOUTON

Dans leurs lits. Et c'étaient des Français moyens, des
lecteurs de notre journal. Ah ! qu'il est loin, Rocamadour, et quel recul, en deux ans !

JULES

Il ne s'en est pas trouvé un seul pour répondre qu'il
mourrait calciné, pulvérisé, volatilisé ?

MOUTON

Dans leurs lits !

JULES

Quoi ? Pas un pour mentionner la bombe H, le rayon
qui tue, les nuages radio-actifs, les cendres de mort,
les pluies de vitriol ?

MOUTON

Dans leurs lits. En plein vingtième siècle, avec les
progrès étourdissants de la technique, ils croient qu'ils
mourront dans leurs lits, comme au moyen âge ! Ah !
mon cher Palotin, laissez-moi vous dire, en toute amitié,
que vous êtes un grand coupable.

JULES, *se levant.*

Mais je n'y suis pour rien !

MOUTON, *se levant aussi.*

Votre journal est mou ! Tiède ! Fade ! Larmoyant !
Hier encore, vous avez parlé de la paix ! (*Il avance sur
Jules.*)

JULES, *reculant.*

Non!

MOUTON, *avançant.*

Si! A la une!

JULES, *même jeu.*

Ce n'est pas moi! C'est Molotov : je n'ai fait que reproduire son discours.

MOUTON, *avançant.*

Vous l'avez reproduit *in extenso.* Il fallait en donner
des extraits!

JULES

Les exigences de l'information...

MOUTON

Est-ce qu'elles comptent, quand l'Univers est en
danger? Les puissances de l'Ouest sont unies par la
terreur. Si vous leur rendez la sécurité, où puiseront-
elles la force de préparer la guerre?

JULES, *coincé contre son bureau.*

La guerre? Quelle guerre?

MOUTON

La prochaine.

JULES

Mais je n'en veux pas, moi, de la guerre.

MOUTON

Vous n'en voulez pas? Mais dites-moi, Palotin : où
pensez-vous mourir?

JULES

Dans mon...

MOUTON

Dans votre...?

JULES

Dans un... Eh! qu'est-ce que j'en sais?

MOUTON

Vous êtes un neutraliste qui s'ignore, un pacifiste honteux, un marchand d'illusions!

JULES, *sautant sur ses bottins et criant.*

Laissez-moi! La Paix! La Paix! La Paix! La Paix!

MOUTON

La Paix! Vous voyez bien que vous la voulez. (*Un silence. Jules saute sur le sol.*) Allons, rasseyez-vous et reprenons notre calme. (*Jules s'assied.*) Nul ne méconnaît vos grandes qualités. Je le disais hier encore au Conseil : vous êtes le Napoléon de l'Information Objective. Mais serez-vous celui de la virulence?

JULES

Je le serai aussi.

MOUTON

Prouvez-le.

JULES

Comment?

MOUTON

Obtenez le désistement de Perdrière. Lancez une campagne terrible, gigantesque ; déchirez les rêves morbides de votre clientèle. Montrez que la survivance matérielle de la France dépend de l'armée allemande et de la suprématie américaine. Donnez-nous peur de vivre plus encore que de mourir.

JULES

Je... je le ferai.

MOUTON

Si la tâche vous effraie, il est encore temps de reculer.

JULES

Elle ne m'effraie pas. (*A la secrétaire.*) Fais monter Sibilot d'urgence.

LA SECRÉTAIRE, *au téléphone.*

Envoyez Sibilot.

JULES

Ah! les pauvres bougres! les pauvres bougres!

MOUTON

Qui?

JULES

Les lecteurs! Ils pêchent tranquillement à la ligne, ils font la belote tous les soirs et l'amour deux fois par semaine en attendant de mourir dans un lit : je vais gâcher leur plaisir.

MOUTON

Ne vous attendrissez pas, cher ami. Songez à vous dont la situation est très menacée, à moi qui vous défends sans cesse. Songez surtout au pays! Demain matin, à dix heures, le Conseil d'Administration va se réunir : il serait très souhaitable que vous puissiez nous soumettre vos nouveaux projets. Non, non : restez assis. Ne me raccompagnez pas. (*Il sort. Jules saute sur ses pieds et arpente la pièce en courant presque.*)

JULES

Nom de Dieu! Nom de Dieu de nom de Dieu! (*Entre Sibilot.*)

SCÈNE VIII

JULES, SIBILOT, LA SECRÉTAIRE.

JULES

Approche!

SIBILOT

Patron, je vous dis merci.

JULES

Ne me remercie pas, Sibilot, ne me remercie pas encore.

SIBILOT

Ah! je tiens à le faire d'avance et quelle que soit votre décision. Je ne pensais pas, voyez-vous, que vous me rappelleriez si vite.

JULES

Tu te trompais.

SIBILOT

Je me trompais. Je me trompais par défaut d'amour. A force de dénoncer le Mal, j'avais fini par le voir partout et je ne croyais plus à la générosité humaine. Pour tout dire, c'est l'Homme, patron, l'Homme lui-même qui m'était devenu suspect.

JULES

Te voilà rassuré?

SIBILOT

Entièrement. A partir de cet instant, j'aime l'Homme et je crois en lui.

JULES

Tu as de la veine. (*Il arpente la pièce.*) Mon ami, notre conversation m'a ouvert les yeux. Ne m'as-tu pas dit que ton métier réclamait de l'invention?

SIBILOT

Pour cela, il en faut.

JULES

De la sensibilité, du tact et même de la poésie?

SIBILOT

Ma foi oui!

JULES

En somme — ne craignons pas les mots — une manière de génie ?

SIBILOT

Je n'aurais pas osé...

JULES

Mais ne te gêne donc pas !

SIBILOT

Èh bien ! d'une certaine façon...

JULES

Parfait. (*Un temps.*) Voilà qui prouve que tu n'es pas du tout l'homme qu'il me faut. (*Sibilot se lève, interdit.*) Reste assis ! C'est moi le patron, c'est moi qui marche, ici ! Et je marcherai si je veux jusqu'à demain !

SIBILOT

Vous avez dit... ?

JULES

Assis ! (*Sibilot se rassied.*) J'ai dit que tu es un incapable, un brouillon et un saboteur. Du tact ? De la finesse ? Toi ? Tu laisses passer des photos qui montrent des femmes soviétiques en manteau de fourrure, chaussées comme des reines et souriant jusqu'aux oreilles ! La vérité, Sibilot, c'est que tu as trouvé une planque, un fromage, une retraite pour tes vieux jours ! Tu prends la cinquième page de *Soir à Paris* pour un asile de vieillards. Et, du haut de tes soixante-dix billets, tu méprises tes camarades qui se crèvent à la tâche. (*A la secrétaire.*) Car il gagne...

SIBILOT, *cri déchirant.*

Patron, ne le dites pas !

JULES, *impitoyable.*

Soixante-dix billets par mois pour passer, dans mon journal, de la pommade à la Russie soviétique !

SIBILOT

Ce n'est pas vrai!

JULES

Je me demande quelquefois si tu n'es pas un sous-marin!

SIBILOT

Je vous jure...

JULES

Un sous-marin! Un crypto! Un para!

SIBILOT

Arrêtez, patron! Je crois que je vais devenir fou.

JULES

Est-ce que tu ne m'as pas confessé toi-même que tu recevais de l'or moscovite?

SIBILOT

Mais c'est ma fille...

JULES

Eh bien, oui, c'est ta fille! Après? Il faut bien que quelqu'un te le donne. (*Sibilot veut se lever.*) Reste assis! Et choisis : tu es un vendu ou un incapable.

SIBILOT

Je vous donne ma parole que je ne suis ni l'un ni l'autre!

JULES

Prouve-le!

SIBILOT

Mais comment?

JULES

Demain je lance une campagne contre le Parti Communiste; je veux qu'il soit à genoux d'ici quinze

jours. Il me faut un démolisseur de première classe, un
cogneur, un bûcheron. Sera-ce toi?

SIBILOT

Oui, patron.

JULES

Je te croirai si tu me donnes une idée sur l'heure!

SIBILOT

Une idée... pour la campagne...

JULES

Tu as trente secondes.

SIBILOT

Trente secondes pour une idée?

JULES

Tu n'en as plus que quinze. Ah! nous allons voir si
tu as du génie!

SIBILOT

Je... la vie de Staline en images!

JULES

La vie de Staline en images? Pourquoi pas celle de
Mahomet? Sibilot, les trente secondes sont passées :
tu es congédié!

SIBILOT

Patron, je vous en supplie, vous ne pouvez pas...
(*Un temps.*) J'ai une femme, j'ai une fille.

JULES

Une fille! Parbleu, c'est elle qui t'entretient.

SIBILOT

Écoutez bien ce que je vous dis, patron : si vous me
remerciez, je rentre chez moi et j'ouvre le gaz.

JULES

Pour la perte que ce serait! (*Un temps.*) Je veux bien te donner jusqu'à demain. Mais si demain, à dix heures du matin, tu n'entres pas dans mon bureau avec une idée fracassante, tu peux faire tes bagages.

SIBILOT

Demain matin?...

JULES

Tu as la nuit devant toi. File!

SIBILOT

Vous aurez votre idée, patron. Mais j'aime mieux vous dire que je ne crois plus à l'Homme.

JULES

Pour la besogne que tu vas faire, il est recommandé de ne pas y croire.

Sibilot s'en va, accablé.

RIDEAU

TROISIÈME TABLEAU

Décor : Un salon la nuit.

SCÈNE I

GEORGES, VÉRONIQUE.

Georges entre par la fenêtre, manque de renverser un
vase et le rattrape à temps. Sifflets. Il se plaque contre le
mur. Un agent passe la tête entre les battants de la fe-
nêtre ; il éclaire l'intérieur avec sa torche électrique. Georges
attend en retenant son souffle. L'agent disparaît. Georges
respire. Au bout d'un moment, on voit qu'il lutte contre
l'envie d'éternuer. Il se pince le nez, ouvre la bouche et
finit par éternuer bruyamment.

VÉRONIQUE, *voix lointaine.*

Qu'est-ce que c'est ?

Georges éternue encore. Il se précipite vers la
fenêtre, enjambe la balustrade. Sifflets tout proches.
Il rentre précipitamment dans la pièce. A ce mo-
ment, Véronique entre et donne la lumière. Georges
recule et s'adosse à la muraille.

GEORGES, *les mains en l'air.*

Foutu !

VÉRONIQUE

Qu'est-ce qui est foutu ? (*Elle regarde Georges.*) Tiens !
Un voleur.

GEORGES

Un voleur ? Où donc ?

VÉRONIQUE

Vous n'êtes pas voleur ?

GEORGES

Pas le moins du monde : je vous rends visite.

VÉRONIQUE

A cette heure de la nuit ?

GEORGES

Oui.

VÉRONIQUE

Et pourquoi mettez-vous les mains en l'air ?

GEORGES

Justement : parce qu'il fait nuit. Un visiteur nocturne
lève les mains quand il est surpris, c'est l'usage.

VÉRONIQUE

Eh bien ! la politesse est faite : baissez-les.

GEORGES

Ce ne serait pas prudent.

VÉRONIQUE

En ce cas, levez-les bien haut, faites comme chez vous.
(*Elle s'assied.*) Prenez donc un siège : vous mettrez les
coudes sur les appuis, c'est plus commode. (*Il s'assied
les mains levées. Elle l'observe.*) Vous avez raison ; je
n'aurais jamais dû vous prendre pour un voleur.

GEORGES

Merci.

VÉRONIQUE

De rien.

GEORGES

Si, si! Les apparences sont contre moi et je suis heureux que vous consentiez à me croire.

VÉRONIQUE

Je crois vos mains. Voyez comme elles ont l'air bête : vous n'avez jamais rien fait de vos dix doigts.

GEORGES, *entre ses dents.*

Je travaille avec la langue.

VÉRONIQUE, *enchaînant.*

Les mains d'un voleur, au contraire, sont prestes, nerveuses, spirituelles...

GEORGES, *vexé.*

Qu'est-ce que vous en savez?

VÉRONIQUE

J'ai fait les tribunaux.

GEORGES

Vous les avez faits? Je ne vous en félicite pas.

VÉRONIQUE

Je les ai faits deux ans. A présent, je fais la politique étrangère.

GEORGES

Journaliste?

VÉRONIQUE

Voilà. Et vous?

GEORGES

Moi? Ce qui m'attirerait plutôt, ce sont les carrières artistiques.

VÉRONIQUE

Qu'est-ce que vous faites?

GEORGES

Dans la vie? Je parle.

VÉRONIQUE

Et dans ce salon?

GEORGES

Dans ce salon aussi.

VÉRONIQUE

Bon! Eh bien! parlez.

GEORGES

De quoi?

VÉRONIQUE

Vous devez le savoir. Dites ce que vous avez à dire.

GEORGES

A vous? Oh! non. Appelez votre mari.

VÉRONIQUE

Je suis divorcée.

GEORGES, *montrant une pipe sur la table.*

C'est vous qui fumez la pipe?

VÉRONIQUE

C'est mon père.

GEORGES

Vous vivez avec lui?

VÉRONIQUE

Je vis chez lui.

GEORGES

Appelez-le.

VÉRONIQUE

Il est à son journal.

GEORGES

Ah! vous êtes tous les deux journalistes?

VÉRONIQUE

Oui, mais dans des journaux différents.

GEORGES

De sorte que nous sommes seuls dans cet appartement.

VÉRONIQUE

Cela vous choque?

GEORGES

C'est une situation fausse : compromettante pour vous, désagréable pour moi.

VÉRONIQUE

Je ne la trouve pas compromettante.

GEORGES

Raison de plus pour que je la trouve désagréable.

VÉRONIQUE

Eh bien, bonsoir! Vous reviendrez quand mon père sera rentré.

GEORGES

Bonsoir! Bonsoir! (*Il se lève mollement. Sifflets au dehors. Il se rassied.*) Si je ne vous dérange pas, je préfère l'attendre ici.

VÉRONIQUE

Vous ne me dérangez pas, mais j'allais sortir. Je veux bien vous laisser seul dans l'appartement, mais j'aimerais tout de même savoir ce que vous y venez faire.

GEORGES

Rien de plus légitime. (*Un temps.*) Voilà. (*Un temps.*)

VÉRONIQUE

Eh bien? (*Georges éternue et frappe du pied.*)

GEORGES

Un rhume! Un rhume! Unique et ridicule vestige d'un acte manqué : je voulais me refroidir, j'ai pris un refroidissement.

VÉRONIQUE, *lui tendant un mouchoir.*

Mouchez-vous!

GEORGES, *les mains toujours en l'air.*

Impossible!

VÉRONIQIE

Pourquoi?

GEORGES

Je ne peux pas baisser les mains.

VÉRONIQUE

Levez-vous. (*Il se lève. Elle se suspend à ses bras sans pouvoir parvenir à les baisser.*) Vous êtes paralysé?

GEORGES

C'est l'effet de la méfiance.

VÉRONIQUE

Vous vous méfiez de moi?

GEORGES

Je me méfie des femmes.

VÉRONIQUE, *sèchement.*

Bien. (*Elle lui reprend le mouchoir et le mouche.*) Soufflez! Plus fort. Voilà.

Elle plie le mouchoir et le met dans la poche de Georges.

GEORGES, *furieux.*

Que c'est désagréable! Bon Dieu, que c'est désagréable.

VÉRONIQUE

Détendez-vous.

GEORGES

Facile à dire.

VÉRONIQUE

Renversez la tête en arrière, fermez les yeux et comptez jusqu'à mille.

GEORGES

Et qu'est-ce que vous ferez, vous, quand j'aurai les yeux fermés ? Vous vous glisserez dehors pour appeler la police ou bien vous irez chercher un pistolet dans un tiroir...

VÉRONIQUE

Voulez-vous que je lève les mains en l'air ? (*Elle lève les mains. Georges baisse lentement les siennes.*) Enfin ! Vous vous sentez mieux ?

GEORGES

Oui. Plus à l'aise.

VÉRONIQUE

Alors, vous allez pouvoir répondre ?

GEORGES

Naturellement. A quoi ?

VÉRONIQUE

Voilà une heure que je vous demande ce que vous faites ici.

GEORGES

Ce que je fais ici ? Rien de plus simple. Mais baissez les mains, voyons ! C'est insupportable ! Et je ne pourrai pas vous parler tant que vous les tiendrez au-dessus de votre tête. (*Véronique baisse les mains.*) Bien !

VÉRONIQUE

Je vous écoute.

GEORGES

Que je déplore l'absence de votre père! J'aime les femmes, j'adore les couvrir de bijoux et de caresses ; je leur donnerais tout avec joie — sauf des explications.

VÉRONIQUE

Comme c'est curieux. Pourquoi?

GEORGES

Parce qu'elles ne les comprennent pas, Madame. Tenez, supposons — à titre d'exemple, bien entendu — que je vous dise ceci : « Je suis un escroc, la police me poursuivait, votre fenêtre était ouverte, je suis entré. » Voilà qui paraît simple et net. Eh bien! qu'avez-vous compris?

VÉRONIQUE

Ce que j'ai compris? Je ne sais pas, moi...

GEORGES

Vous voyez! Vous ne le savez même pas!

VÉRONIQUE

J'ai compris que vous étiez un escroc...

GEORGES

Et voilà tout!

VÉRONIQUE

N'est-ce pas l'essentiel? (*Un bref silence.*) Je trouve que c'est dommage.

GEORGES

Vous préférez les voleurs?

VÉRONIQUE

Oui, parce qu'ils travaillent de leurs mains.

GEORGES

Vous faites de l'ouvriérisme? (*Un temps.*) En tout

cas, l'expérience est concluante : vous avez compris tout de travers.

VÉRONIQUE

Vous n'êtes pas un escroc ?

GEORGES

Non! ce n'est pas l'essentiel! L'essentiel, c'est que j'ai les flics à mes trousses. Un homme ne s'y serait pas trompé. (*Criant subitement.*) J'ai les flics à mes trousses, comprenez-vous ?

VÉRONIQUE

Bon, bon! Ne criez pas. (*Un temps.*)

GEORGES

Eh bien ? qu'allez-vous faire ?

VÉRONIQUE

Tirer les rideaux. (*Elle va à la fenêtre et les tire.*)

GEORGES

Et de moi ?

VÉRONIQUE

De vous ? Que puis-je faire ? Êtes-vous une guitare pour que je vous pince ? Une mandoline pour que je vous gratte ? Un clou pour que je vous tape sur la tête ?

GEORGES

Alors ?

VÉRONIQUE

Alors, rien. Je n'ai que faire de vous.

GEORGES

Rien, c'est la réponse la plus imprécise. Rien, cela veut dire n'importe quoi. Tout peut arriver, vous pouvez fondre en larmes ou me crever les yeux avec votre épingle à chapeau. Ah! que n'ai-je rencontré

Monsieur votre père. Savez-vous ce qu'il m'aurait
répondu?

VÉRONIQUE

Je vais vous livrer à la police.

GEORGES, *sursautant.*

Vous allez me livrer à la police?

VÉRONIQUE

Mais non! Je vous dis ce qu'aurait répondu mon
père.

GEORGES

La belle réponse! Voilà un homme!

VÉRONIQUE

Il se peut, mais, s'il était ici, vous auriez déjà les
menottes aux mains.

GEORGES

Non!

VÉRONIQUE

Non?

GEORGES

Non. Les hommes, je sais les convaincre. Ce sont
des esprits logiques ; grâce à la logique, je téléguide
leurs pensées. Mais vous, Madame, vous! Où est votre
logique? Où est votre bon sens? Si je vous ai comprise,
vous n'avez *pas* l'intention de me livrer?

VÉRONIQUE

Vous m'avez comprise.

GEORGES

Et voilà justement pourquoi vous me livrerez. Ne
protestez pas : vous êtes comme toutes les femmes,
impulsive et convulsionnaire ; vous me sourirez, vous
me cajolerez et puis vous prendrez peur de mes oreilles

ou d'un poil qui me sortira du nez et vous vous mettrez
à crier.

VÉRONIQUE

Ai-je crié quand je vous ai découvert?

GEORGES

Justement : vous êtes en retard d'un cri. Et je
connais les femmes. Tous les cris qu'elles ont à pousser,
elle les poussent, sans vous faire grâce d'un seul. Vous
retenez encore le vôtre, mais il suffira que la police
frappe à votre porte : vous vous ferez un plaisir de le
lâcher. Quel malheur que vous ne soyez pas un homme :
vous eussiez pu devenir ma chance. Femme, vous êtes
par nature mon destin.

VÉRONIQUE

Votre destin, moi?

GEORGES

Quoi d'autre? Une porte qui se referme, un nœud qui
se resserre, un couperet qui tombe : c'est la femme.

VÉRONIQUE, *irritée.*

Vous vous êtes trompé d'étage : pour le destin,
adressez-vous à la dame du second qui a ruiné deux
pères de famille. Moi, je laisse toutes les portes ouvertes
et je... (*Elle s'arrête et se met à rire.*) Vous avez bien failli
m'avoir...

GEORGES

Plaît-il?

VÉRONIQUE

On a deux cordes à son arc : le raisonnement pour
les hommes et le défi pour les femmes. On fait semblant
de penser que nous sommes toutes pareilles parce qu'on
croit savoir que chacune de nous veut être unique. « Vous
êtes femme, *donc* vous me livrerez. » Vous comptiez
me piquer au jeu et que j'aurais à cœur de vous prouver
que je ne ressemble à personne. Mon pauvre ami, c'est

peine perdue : je n'ai aucune envie d'être unique, je
ressemble à toutes les femmes et je suis contente de
leur ressembler.

On sonne à la porte d'entrée.

GEORGES

C'est...

VÉRONIQUE

J'en ai peur. (*Il lève les mains.*)

GEORGES

Vous allez me livrer ?

VÉRONIQUE

Qu'en pensez-vous ? (*Elle voit ses mains levées.*) Baissez vos mains, vous me faites perdre la tête. (*Il met les
mains dans ses poches.*)

GEORGES

Qu'allez-vous faire ?

VÉRONIQUE

Ce que toutes les femmes feraient à ma place. (*Un
temps.*) Que feraient-elles ?

GEORGES

Je ne sais pas.

VÉRONIQUE

Vous êtes d'avis qu'elles crieraient ?

GEORGES

Je vous dis que je n'en sais rien.

VÉRONIQUE

Vous étiez plus assuré, tout à l'heure. (*On sonne de
nouveau.*) Vous n'avez qu'un mot à dire et je deviens
impulsive. Convulsionnaire.

GEORGES

Suis-je tombé si bas que mon sort soit entre les mains d'une femme?

VÉRONIQUE

Faites un signe et je le remets aux mains des hommes. (*On frappe à la porte. « Police! »*)

GEORGES, *prenant sa décision.*

Il est entendu que je ne suis en aucun cas votre obligé.

VÉRONIQUE

C'est entendu.

GEORGES

Que vous ne compterez pas sur ma reconnaissance...

VÉRONIQUE

Je ne suis pas si folle.

GEORGES

Et que je vous rendrai le Mal pour le Bien.

VÉRONIQUE

C'est entendu.

GEORGES

Alors cachez-moi! (*Brusquement affolé.*) Vite! Qu'attendez-vous?

VÉRONIQUE, *montrant la porte de sa chambre.*

Entrez là.

Il disparaît, elle va ouvrir. L'Inspecteur Goblet passe la tête par l'entrebâillement de la porte.

SCÈNE II

VÉRONIQUE, L'INSPECTEUR GOBLET.

GOBLET

Naturellement, Madame, vous n'avez pas vu un homme brun d'un mètre soixante-dix-huit...

VÉRONIQUE, *vivement.*

Naturellement non!

GOBLET

J'en étais sûr.

> *Il s'incline et disparaît. Elle referme la porte.*

SCÈNE III

VÉRONIQUE, GEORGES.

VÉRONIQUE

Vous pouvez revenir.

> *Il rentre drapé dans une couverture rouge. Elle se met à rire.*

GEORGES, *digne.*

Il n'y a pas de quoi rire. J'essaye de me réchauffer. (*Il s'assied.*) Vous avez menti!

VÉRONIQUE

Dame!

GEORGES

C'est du propre!

VÉRONIQUE

J'ai menti pour vous.

GEORGES

Cela n'arrange rien.

VÉRONIQUE

C'est trop fort! Vous ne mentez pas, peut-être?

GEORGES

Moi, c'est différent : je suis malhonnête. Mais si tous
les honnêtes gens faisaient comme vous...

VÉRONIQUE

Eh bien?

GEORGES

Que deviendrait l'ordre social?

VÉRONIQUE

Bah!

GEORGES

Quoi, bah! Qu'est-ce que cela veut dire, bah?

VÉRONIQUE

Cet ordre-là...

GEORGES

Vous en connaissez un meilleur?

VÉRONIQUE

Oui.

GEORGES

Lequel? Où est-il?

VÉRONIQUE

Trop long à vous expliquer. Disons simplement que
j'ai menti aux flics parce que je ne les aime pas.

GEORGES

Vous êtes entôleuse? kleptomane?

7

VÉRONIQUE

Je vous dis que je suis journaliste et honnête.

GEORGES

Alors vous les aimez. L'honnête homme aime les flics par définition.

VÉRONIQUE

Pourquoi les aimerais-je?

GEORGES

Parce qu'ils vous protègent.

VÉRONIQUE

Ils me protègent si peu qu'ils m'ont cogné dessus la semaine dernière. (*Retroussant ses manches.*) Regardez ces bleus.

GEORGES

Oh!

VÉRONIQUE

Voilà ce qu'ils ont fait.

GEORGES, *surpris.*

C'était une erreur?

VÉRONIQUE

Non.

GEORGES

Alors vous êtes coupable?

VÉRONIQUE

Nous manifestions.

GEORGES

Qui vous?

VÉRONIQUE

Moi et d'autres manifestants.

GEORGES

Vous manifestiez quoi?

VÉRONIQUE

Notre mécontentement.

GEORGES

Incroyable! Regardez-vous, regardez-moi et dites lequel de nous a le droit d'être mécontent! Eh bien! je ne le suis pas. Pas du tout : jamais je ne me suis plaint ; de ma vie je n'ai manifesté. Au seuil de la prison, de la mort, j'accepte le monde ; vous avez vingt ans, vous êtes libre et vous le refusez. (*Soupçonneux.*) Vous êtes rouge, en somme.

VÉRONIQUE

Rose.

GEORGES

De mieux en mieux. Et votre père? Que dit-il de tout cela?

VÉRONIQUE

Il s'en désole, le pauvre cher homme.

GEORGES

Il est de l'autre bord?

VÉRONIQUE

Il écrit dans *Soir à Paris*.

GEORGES

Vous m'en voyez ravi : c'est mon journal. Un grand honnête homme, votre père. Et qui n'a qu'une fai-blesse : vous. (*Il frissonne, éternue et se drape plus étroitement dans sa couverture.*) Charmante soirée! Je dois la vie à un clochard qui a du goût pour les actes gratuits et la liberté à une révolutionnaire qui a le culte du genre humain : il faut que nous soyons dans la semaine de bonté! (*Un temps.*) Vous devez être contente : vous avez semé le désordre, trahi votre classe, menti à vos protecteurs naturels, humilié un mâle...

VÉRONIQUE

Humilié!

GEORGES

Parbleu! Vous avez fait de moi un objet. Le malheureux objet de votre philanthropie.

VÉRONIQUE

Seriez-vous moins objet dans le panier à salade?

GEORGES

Non, mais je pourrais vous haïr et me réfugier dans mon for intérieur. Ah! vous m'avez joué un bien mauvais tour!

VÉRONIQUE

Moi?

GEORGES, *avec force.*

Un bien mauvais tour! Vous ne voyez pas plus loin que le bout de votre nez. Mais je réfléchis, moi : j'envisage l'avenir. Il est sombre, l'avenir, très sombre. Ce n'est pas tout de sauver les gens, ma petite : il faut leur donner le moyen de vivre. Vous êtes-vous demandé ce que j'allais devenir?

VÉRONIQUE

Vous redeviendrez escroc, j'imagine.

GEORGES

Eh bien justement : non!

VÉRONIQUE

Quoi? Vous serez honnête homme?

GEORGES

Je ne dis pas cela. Je dis que je n'ai plus les moyens d'être malhonnête. L'escroquerie nécessite un certain

capital, une mise de fonds : deux complets, un smoking, si possible un habit, douze chemises, six paires
de caleçons, six paires de chaussettes, trois paires de
souliers, un jeu de cravates, une épingle d'or, une serviette de cuir, une paire de lunettes en écaille. Je ne
possède que ces loques et je suis sans le sou : comment
voulez-vous que je fasse ? Puis-je me présenter en cette
tenue chez le Directeur de la Banque de France ? On
m'a fait tomber trop bas. Beaucoup trop bas pour que
je puisse remonter. Tout est de votre faute : vous ne
m'avez sauvé de la taule que pour me précipiter dans
l'abjection. En prison, je gardais ma figure ; clochard,
je perds la face. Clochard, moi ? Je ne vous remercie
pas, Madame.

VÉRONIQUE

Si je vous procurais un emploi ?

GEORGES

Un emploi : trente mille francs par mois, du travail
et un employeur ? Gardez-le : je ne me vends pas.

VÉRONIQUE

Combien vous faudrait-il pour remonter votre
garde-robe ?

GEORGES

Je n'en sais rien.

VÉRONIQUE

J'ai un peu d'argent sur moi...

GEORGES

Plus un mot. L'argent, c'est sacré : je ne l'accepte
jamais, je le prends.

VÉRONIQUE

Prenez-le.

GEORGES

Je ne peux pas vous le prendre puisque vous me le
donnez. (*Brusquement.*) Je vous propose une affaire.

Évidemment, elle est honnête, mais je n'ai pas le droit de faire le difficile. Je vous donne une interview en exclusivité mondiale.

VÉRONIQUE

Vous ? A moi ?

GEORGES

Vous êtes journaliste ? Posez-moi des questions.

VÉRONIQUE

Mais sur quoi ?

GEORGES

Sur mon art.

VÉRONIQUE

Puisque je vous dis que je fais la politique étrangère ! Et puis mon journal ne s'intéresse pas aux escrocs.

GEORGES

Parbleu : un journal progressiste ! Comme il doit être ennuyeux. (*Un temps.*) Je suis Georges de Valera.

VÉRONIQUE, *saisie tout de même.*

Le...

GEORGES

Le grand Valera, oui.

VÉRONIQUE, *hésitante.*

Évidemment...

GEORGES

Votre canard est pauvre, j'imagine.

VÉRONIQUE

Assez, oui.

GEORGES

Je ne demande que deux complets, une douzaine de chemises, trois cravates et une paire de souliers. On peut me payer en nature. (*Il se lève.*) En 1917, à Moscou, un enfant bleu naissait d'un garde noir et d'une Russe blanche...

VÉRONIQUE

Non.

GEORGES

Cela ne vous intéresse pas?

VÉRONIQUE

Je n'ai pas le temps : je vous ai dit que j'allais sortir.

GEORGES

Et plus tard?

VÉRONIQUE

Franchement, non. Les escrocs, vous savez, géniaux ou non...

GEORGES

Allez au diable! (*On entend la porte d'entrée claquer.*) Qu'est-ce que c'est?

VÉRONIQUE

Patatras!... C'est mon père.

GEORGES

Je vais...

VÉRONIQUE

S'il vous voit, il vous livre. Entrez là pour l'instant, je vais l'amadouer.

Georges disparaît au moment où la porte s'ouvre.

SCÈNE IV

VÉRONIQUE, SIBILOT.

SIBILOT

Tu es encore là, toi?

VÉRONIQUE

J'allais partir. Je ne pensais pas que tu rentrerais
si tôt.

SIBILOT, *amer.*

Moi non plus !

VÉRONIQUE

Écoute, papa, il faut que je te dise...

SIBILOT

Les salauds !

VÉRONIQUE

Qui ?

SIBILOT

Tout le monde. J'ai honte d'être homme. Donne-
moi à boire.

VÉRONIQUE, *le servant.*

Figure-toi...

SIBILOT

Oublieux, menteurs, lâches et méchants, voilà ce que
nous sommes. La seule justification de l'espèce humaine,
c'est la protection des animaux.

VÉRONIQUE

Tout à l'heure, j'ai...

SIBILOT

Je voudrais être chien ! Ces bêtes nous donnent
l'exemple de l'amour et de la fidélité. Et puis non : les
canidés sont dupes de l'homme, ils ont la sottise de
nous aimer. Je voudrais être chat. Chat, non : tous les
mammifères se ressemblent ; que ne suis-je requin
pour suivre les navires à la trace et manger les mate-
lots !

VÉRONIQUE

Qu'est-ce qu'on t'a encore fait, mon pauvre papa ?

SIBILOT

On m'a foutu à la porte, mon enfant.

VÉRONIQUE

On te fout à la porte tous les quinze jours.

SIBILOT

Cette fois, c'est cuit! Véronique, tu m'es témoin que je bouffe du communiste depuis près de dix ans. C'est une nourriture indigeste et monotone. Combien de fois ai-je souhaité changer de régime alimentaire, bouffer du curé, pour voir, du franc-maçon, du milliardaire, de la femme! En vain : le menu est fait pour toujours. Ai-je jamais renâclé à l'ouvrage? Je n'avais pas fini de digérer Malenkov qu'il fallait attaquer Khrouchtchev. Me suis-je plaint? Chaque jour j'inventais une sauce nouvelle : qui a fait le sabotage du *Dixmude*? et le complot antinational, qui l'a fait? Et le coup des pigeons voyageurs? Moi, toujours moi! Dix ans j'ai défendu l'Europe, de Berlin à Saïgon : j'ai bouffé du Viet, j'ai bouffé du Chinois, j'ai bouffé l'armée soviétique avec ses avions et ses chars. Eh bien! mon enfant, mesure l'ingratitude humaine : à la première défaillance de mon estomac, le patron m'a foutu à la porte.

VÉRONIQUE

On t'a vraiment renvoyé?

SIBILOT

Comme un malpropre. A moins de trouver une idée d'ici demain.

VÉRONIQUE, *sans aucune sympathie.*

Tu la trouveras, n'aie pas peur.

SIBILOT

Non, pas cette fois-ci! Qu'est-ce que tu veux, je ne suis pas un titan ; je suis un homme très ordinaire qui a dilapidé sa substance grise pour soixante-dix mille francs par mois. Dix ans j'ai fulguré, c'est vrai : j'étais Pégase, j'avais des ailes. Les ailes ont pris feu ; qu'est-ce qui reste : une rosse, bonne pour l'équarrissage. (*Il marche de long en large.*) Dix ans de loyaux services : tu attendrais une parole humaine, un geste de gratitude. Rien, le blâme et la menace : c'est tout. Tiens, je finirai par les haïr, moi, tes communistes! (*Timidement.*) Ma petite fille ?

VÉRONIQUE

Papa ?

SIBILOT

Tu n'aurais pas, toi — je dis cela tout à fait en l'air — tu n'aurais pas une idée ? Tu ne sais rien contre eux ?

VÉRONIQUE

Oh! papa!

SIBILOT

Écoute-moi, mon petit : je ne me suis jamais élevé contre tes fréquentations bien qu'elles m'aient compromis et qu'elles soient peut-être à l'origine de mon malheur. Je t'ai toujours laissée libre, depuis la maladie de ta pauvre mère, à seule charge pour toi de m'éviter le pire quand tes amis prendraient le pouvoir. Est-ce que tu ne récompenseras pas ma tolérance ? Laisseras-tu ton vieux père dans la merde ? Je te demande un petit effort, mon enfant, un tout petit effort. Tu les vois de près, toi, les communistes : tu dois en avoir gros sur le cœur.

VÉRONIQUE

Mais non, papa.

SIBILOT

Allons donc!

VÉRONIQUE

Puisque ce sont mes amis!

SIBILOT

Raison de plus. De qui veux-tu connaître les tares, si ce n'est pas de tes amis ? Moi, je n'ai que des amis à la rédaction du canard : eh bien! je te jure que si je voulais parler!... Tiens, je te propose un échange : tu me dis ce que tu sais sur Duclos et je te casse le morceau sur Julot-les-Bretelles ; tu auras la matière d'un papier terrible! Veux-tu?

VÉRONIQUE

Non, papa!

SIBILOT

Je suis Job. Ma propre fille m'abandonne sur mon fumier. Va-t'en!

VÉRONIQUE

Je m'en vais, je m'en vais. Mais je voudrais te dire...

SIBILOT

Véronique! Sais-tu ce qui est en train de mourir? L'Homme : Travail, Famille, Patrie, tout fout le camp. Tiens, voilà un papier : Le Crépuscule de l'Homme. Qu'en dis-tu?

VÉRONIQUE

Tu lis ça tous les mois dans *Preuves*.

SIBILOT

Tu as raison. Qu'il aille au diable!

VÉRONIQUE

Qui?

SIBILOT

L'Homme! Je suis bien bon de me casser le cul pour soixante-dix mille francs par mois. Après tout les communistes ne m'ont rien fait! Avec soixante-dix mille francs par mois, il serait même légitime que je sois de leur côté!

VÉRONIQUE

Je ne te le fais pas dire.

SIBILOT

Non, ma fille, non : tu ne me tenteras pas. Je suis un homme à l'ancienne mode ; j'aime trop la liberté, j'ai trop le respect de la dignité humaine. (*Il se redresse brusquement.*) Il est propre, le respect de la dignité humaine, il est beau! Vidé comme un malpropre! Un vieux du métier, un père de famille! A la rue, avec un mois de salaire, sans retraite!... Tiens, c'est peut-être un sujet, cela : en U. R. S. S., les vieux travailleurs n'ont pas droit à la retraite. (*Se regardant les cheveux dans la glace.*) Il faudrait quelque chose sur leurs cheveux blancs.

VÉRONIQUE

Ils ont des retraites, papa.

SIBILOT

Tais-toi donc : laisse-moi réfléchir. (*Un temps.*) Ça ne va pas. Le lecteur serait en droit de nous dire : « Il se peut que l'ouvrier russe n'ait pas de retraite, mais ce n'est tout de même pas une raison pour réarmer l'Allemagne! » (*Un temps.*) Véronique, il *faut* réarmer l'Allemagne. Mais pourquoi, hein? Pour quelle raison?

VÉRONIQUE

Il n'y en a pas.

SIBILOT

Si, mon enfant, il y en a une! C'est que j'en ai bavé toute ma vie comme un Russe et que j'en ai marre : je veux que les autres en bavent à leur tour. Et ils en baveront, s'ils réarment, je te le jure. Réarmez, réarmez donc! Réarmez l'Allemagne, le Japon, foutez le feu aux quatre coins du monde! Soixante-dix mille balles pour défendre l'Homme : tu te rends compte! A ce prix-là, tous les hommes peuvent bien crever!

VÉRONIQUE

Tu crèveras aussi.

SIBILOT

Tant mieux! Ma vie n'a été qu'un long enterrement, personne ne suivait le cortège. Mais ma mort, pardon, elle fera du bruit. Quelle apothéose! Je veux bien partir en fusée si j'ai vu le petit père Julot faire le soleil au-dessus de ma tête! Soixante-dix mille balles par mois, soixante-dix coups de pied au cul par jour! Crevons tous ensemble et vive la guerre! (*Il s'étrangle et tousse.*)

VÉRONIQUE

Bois. (*Elle le fait boire.*)

SIBILOT

Ouf!

VÉRONIQUE

Il y a un clochard dans ma chambre.

SIBILOT

Il est communiste?

VÉRONIQUE

Pas du tout.

SIBILOT

Alors, que veux-tu que ça me fasse?

VÉRONIQUE

Il est traqué par la police.

SIBILOT

Eh bien! téléphone au commissariat et demande qu'on passe le prendre.

VÉRONIQUE

Mais papa, je veux le garder.

SIBILOT

Qu'est-ce qu'il a fait, ton bonhomme? S'il a volé, il faut le punir.

VÉRONIQUE

Il n'a pas volé. Sois gentil : ne t'occupe pas de lui.
Cherche ton idée bien tranquillement. Au matin, il
s'en ira sans faire de bruit et nous ne le verrons plus
jamais.

SIBILOT

C'est bon ! s'il se tient tout à fait tranquille, je fer-
merai les yeux sur sa présence. Mais, si la police vient
le chercher, ne compte pas sur moi pour mentir !

VÉRONIQUE, *entr'ouvrant la porte de sa chambre.*

Je m'en vais. Vous pouvez rester ici toute la nuit,
mais ne sortez pas de ma chambre. Au revoir. (*Elle
referme la porte.*) A demain, papa. Et ne t'inquiète pas
pour ton idée : c'est toujours la même qui vous ressert,
tu es *obligé* de la retrouver.

SCÈNE V

SIBILOT *seul.*

SIBILOT

Va au diable ! (*Elle sort.*) La même idée ! Bien sûr que
c'est la même idée ! Et après ? Ça me fait une belle
jambe, s'il faut chaque fois l'habiller de neuf ! (*Il se
plonge la tête dans les mains.*) La vie de Staline en
images... Ils n'en veulent pas, les imbéciles, je me
demande bien pourquoi ! (*Georges éternue, Sibilot prête
l'oreille, puis revient à ses méditations.*) Sabotage...
complot... trahison... terreur... (*A chaque mot il réfléchit et secoue la tête.*) Famine... Famine ? Hé ! (*Un temps.*)
Non : trop usé ; cela sert depuis 1918. (*Il prend des
journaux et les feuillette.*) Qu'est-ce qu'ils ont fait, les
Russes ? (*Feuilletant les journaux.*) Rien ? Ce n'est pas
possible ! A qui fera-t-on croire qu'il ne se commet pas
chaque jour une injustice ou un crime crapuleux dans
un pays de 200 millions d'habitants. Le voilà bien, le
Rideau de Fer. (*Il réfléchit de nouveau.*) Sabotage...

Complot... (*Georges éternue. Agacé.*) Si seulement je pouvais travailler tranquille! Trahison... Complot... Prenons par l'autre bout : Culture Occidentale... Mission de l'Europe... Droits de l'Esprit... (*Georges éternue.*) Assez! Assez! (*Il se remet à rêver.*) La vie de Staline en images. (*Sifflets dans la rue. Crucifié.*) Oh! (*Il replonge la tête dans les mains. Illuminé.*) La vie de Staline sans images... (*Georges éternue.*) Je le tuerai, celui-là.

GEORGES, *à la cantonade.*

Nom de Dieu de nom de Dieu de nom de Dieu!

SIBILOT

Qu'on m'en délivre! Bon Dieu! qu'on m'en délivre! (*Il va au téléphone, fait un numéro.*) Allô? Le commissariat? Ici René Sibilot, journaliste, 13, rue Goulden, au rez-de-chaussée, porte à gauche. Un individu vient de pénétrer chez moi. Il paraît que la police le recherche. C'est cela : envoyez-moi quelqu'un.

> *La porte s'ouvre sur ces derniers mots et Georges paraît.*

SCÈNE VI

SIBILOT, GEORGES.

GEORGES

Enfin une réaction saine! Monsieur, vous êtes un homme normal. Permettez-moi de vous serrer la main. (*Il s'avance la main tendue.*)

SIBILOT, *sautant en arrière.*

Au secours!

GEORGES, *se jetant sur Sibilot.*

Chut! Chut! (*Il lui plaque une main sur la bouche.*) Ai-je la tête d'un assassin? Quel malentendu! Je vous admire et vous croyez que je veux vous égorger. Oui, je vous admire : votre coup de téléphone était sublime ; il devrait servir d'exemple à toutes ces bonnes gens

qu'un faux libéralisme égare et qui sont en train de
perdre le sentiment de leurs droits. Ne craignez pas que
je m'échappe ; je veux servir votre gloire : les journaux
publieront demain qu'on m'a arrêté chez vous. Vous
me croyez, n'est-ce pas ? Vous me croyez ? (*Bâillonné,
Sibilot fait un signe d'acquiescement.*) A la bonne heure !
(*Il lâche Sibilot et fait un pas en arrière.*) Laissez-moi
contempler l'honnête homme dans sa haute et pleine
majesté ! (*Un temps.*) Si je vous disais que j'ai tenté de
me tuer, tout à l'heure, pour échapper à mes pour-
suivants ?...

SIBILOT

N'essayez pas de m'attendrir !

GEORGES

Parfait ! Et si je tirais de mes loques un sachet de
poudre, si j'en avalais le contenu, si je tombais mort
à vos pieds ?...

SIBILOT

Eh bien ?

GEORGES

Que diriez-vous ?

SIBILOT

Je dirais : « Le misérable s'est fait justice. »

GEORGES

Paisible certitude d'une conscience sans reproches !
On voit, Monsieur, que vous n'avez jamais douté du
Bien...

SIBILOT

Parbleu !

GEORGES

... et que vous n'écoutez pas ces doctrines subversives qui font du criminel un produit de la société.

SIBILOT

Un criminel est un criminel.

GEORGES

De mieux en mieux ! Un criminel est un criminel :
que cela est bien dit ! Ah ! ce n'est pas vous que je ris-
querais d'attendrir en évoquant mon enfance malheu-
reuse.

SIBILOT

Vous tomberiez mal : j'étais un enfant martyr.

GEORGES

Et peu vous chaut, n'est-ce pas, que je sois une victime de la première Guerre Mondiale, de la Révolution
Russe et du régime capitaliste ?

SIBILOT

Il y en a d'autres qui sont victimes de tout cela —
moi, par exemple — et qui ne s'abaissent pas à voler.

GEORGES

Vous avez réponse à tout. Rien ne mord sur vos convictions. Ah ! Monsieur, pour avoir ce front d'airain,
ces yeux d'émail et ce cœur de pierre, il faut que vous
soyez antisémite ?

SIBILOT

J'aurais dû m'en douter : vous êtes juif ?

GEORGES

Non, Monsieur, non. Et, pour tout vous avouer, je
partage votre antisémitisme. (*Sur un geste de Sibilot.*)
Ne vous offensez pas : partager, c'est trop dire ; disons
que j'en ramasse les miettes. N'ayant pas le bonheur
d'être honnête, je ne jouis pas de vos certitudes. Je
doute, Monsieur, je doute : c'est le propre des âmes
troubles. Je suis, si vous le voulez bien, un antisémite
probabiliste. (*En confidence.*) Et les bicots ? Vous les
détestez, n'est-ce pas ?

SIBILOT

En voilà assez! Je n'ai ni le temps ni l'envie d'écouter votre bavardage. Je vous prie de rentrer à l'instant dans cette chambre et d'y attendre sans bruit l'arrivée de la police.

GEORGES

Je me retire! Je me retire dans vos appartements! Dites-moi seulement que vous détestez les bicots.

SIBILOT

Eh oui!

GEORGES

Mieux que cela. Pour me faire plaisir. Je vous jure que c'est ma dernière question.

SIBILOT

Ils n'ont qu'à rester chez eux.

GEORGES

A merveille. Souffrez, Monsieur, que je vous tire mon chapeau : vous êtes honnête jusqu'à la férocité. Après ce bref tour d'horizon, notre identité de vue est manifeste, ce qui ne saurait m'étonner : quelles honnêtes gens nous ferions, nous autres, les crapules, si votre police nous en laissait le temps!

SIBILOT

Est-ce que vous allez foutre le camp?

GEORGES

Encore un mot, Monsieur, un seul, et je m'en vais. Quoi! vous, Français, fils et petit-fils de paysan français, et moi, l'apatride, l'hôte provisoire de la France ; vous l'honnêteté même, et moi le crime, par-dessus tous les vices et toutes les vertus, nous nous donnons la main, nous condamnons ensemble les juifs, les communistes et les idées subversives? Il faut que notre accord ait une signification profonde. Cette signification, je la connais, Monsieur, et je vais vous la dire : nous respectons tous deux la propriété privée.

SIBILOT

Vous respectez la propriété?

GEORGES

Moi? Mais j'en vis, Monsieur! Comment ne la respecterais-je pas? Allez, Monsieur, votre fille voulait me sauver ; vous, vous m'avez dénoncé, mais je me sens plus proche de vous que d'elle. La conclusion pratique que je tire de tout cela, c'est que nous avons le devoir, vous et moi, de travailler ensemble.

SIBILOT

Travailler ensemble? Qui? Nous? Vous êtes fou!

GEORGES

Je peux vous rendre un grand service!

SIBILOT

Vous m'étonnez.

GEORGES

Tout à l'heure, j'avais l'oreille contre la porte et je n'ai rien perdu des propos que vous teniez à votre fille. Vous cherchiez une idée, je crois? Eh bien! cette idée, je suis en mesure de vous la donner.

SIBILOT

Une idée? Sur le communisme?

GEORGES

Oui.

SIBILOT

Vous... vous connaissez la question ?

GEORGES

Un escroc doit tout connaître.

SIBILOT

Eh bien! donnez-la, votre idée, donnez-la vite et je réclamerai pour vous l'indulgence du tribunal.

GEORGES

Impossible!

SIBILOT

Pourquoi?

GEORGES

Je ne puis vous aider que si j'ai les mains libres.

SIBILOT

La police...

GEORGES

La police, oui. Elle va venir. Elle vient. Elle sera là dans deux minutes. J'ai donc le temps de me présenter : orphelin de père et de mère, acculé depuis l'enfance à choisir entre le génie ou la mort, je n'ai pas eu de mérite à choisir le génie. Je suis génial, Monsieur, comme vous êtes honnête. Avec la même surabondance impitoyable. Avez-vous jamais imaginé ce que pourrait faire l'alliance du génie et de l'honnêteté, de l'inspiration et de l'entêtement, de la lumière et de l'aveuglement? Nous serions maîtres du monde. Moi, *j'ai* des idées, j'en produis à chaque minute par douzaines : malheureusement, elles ne convainquent personne ; je n'y tiens pas assez. Vous, vous n'en avez pas, ce sont elles qui vous ont ; elles vous tiennent dans leurs griffes, elles vous labourent le crâne et vous bouchent les yeux ; c'est précisément pour cela qu'elles convainquent les autres ; ce sont des rêves de pierre, elles fascinent tous ceux qui ont la nostalgie de la pétrification. A présent, supposez qu'une pensée nouvelle, s'échappant de moi, s'empare de vous : elle prendrait vite votre allure, la pauvre, elle aurait l'air si dur, si bête et si vrai qu'elle s'imposerait à l'univers.

On sonne. Sibilot qui écoutait, fasciné, sursaute.

SIBILOT

C'est...

GEORGES

Oui. A vous de décider. Si vous me livrez, vous passez une nuit blanche et vous êtes renvoyé demain matin. (*On resonne.*) Si vous me sauvez, mon génie vous fait riche et célèbre.

SIBILOT, *tenté.*

Qui me prouvera que vous avez du génie ?

GEORGES, *regagnant la chambre du fond.*

Demandez à l'Inspecteur.

> *Il disparaît pendant que Sibilot va ouvrir.*

SCÈNE VII

SIBILOT, L'INSPECTEUR GOBLET.

GOBLET

Monsieur Sibilot ?

SIBILOT

C'est moi.

GOBLET

Où est-il ?

SIBILOT

Qui ?

GOBLET

Georges de Valera.

SIBILOT, *impressionné.*

Vous cherchez Georges de Valera ?

GOBLET

Oui. Oh! sans espoir. C'est une anguille. Vous per-

mettez que je m'assoie? (*Il s'assied.*) Je vois que vous
n'avez pas de piano à queue? Je vous félicite.

SIBILOT

Vous n'aimez pas les pianos à queue?

GOBLET

J'en ai trop vu.

SIBILOT

Où donc?

GOBLET

Chez les riches. (*Il se présente.*) Inspecteur Goblet.

SIBILOT

Enchanté!

GOBLET

Que j'aime donc votre intérieur. Je sens que je ne le
quitterai pas sans regret.

SIBILOT

Vous êtes chez vous.

GOBLET

Vous ne croyez pas si bien dire : votre *living-room*
est l'exacte réplique du mien. 1925?

SIBILOT

Hé?

GOBLET, *geste circulaire.*

Les meubles : 1925?

SIBILOT

Ah! 1925? Eh bien, oui.

GOBLET

L'exposition des Arts Décoratifs, notre jeunesse...

SIBILOT

L'année de mon mariage.

GOBLET

Et du mien. Nos femmes ont choisi les meubles avec
leurs mères ; nous n'avions rien à dire, les beaux-
parents avançaient l'argent. Vous aimez ça, vous, les
chaises 1925 ?

SIBILOT

Vous savez, on finit par ne plus les voir. (*Secouant
la tête.*) A mes yeux, c'était une installation provisoire...

GOBLET

Naturellement! Qu'est-ce qui n'est pas provisoire ?
Et puis, un beau jour, vingt ans plus tard...

SIBILOT

On s'aperçoit qu'on va bientôt mourir et que le
provisoire était du définitif.

GOBLET

Nous mourrons comme nous avons vécu : en 1925.
(*Il se lève brusquement.*) Qu'avez-vous là ? Un tableau
de maître ?

SIBILOT

Mais non : c'est une reproduction.

GOBLET

Tant mieux. Je déteste les tableaux et les voitures
de maîtres parce que les riches en font collection et
que l'on nous oblige à connaître toutes les marques.

SIBILOT

Qui, vous ?

GOBLET

Nous, de la Mondaine.

SIBILOT

Pour quoi faire ?

GOBLET

Pour mettre du liant dans la conversation. (*S'appro-chant du tableau.*) Celui-ci, c'est un Constable. Je n'aurais pas cru que vous aimiez les Constable.

SIBILOT

Je les préfère aux moisissures.

GOBLET, *soulevant le tableau.*

Ah! parce que, *sous* le Constable...

SIBILOT

Parbleu!

GOBLET

L'humidité, n'est-ce pas?

SIBILOT

C'est le voisinage de la Seine.

GOBLET

Ne m'en parlez pas : j'habite à Gennevilliers. (*Georges éternue plusieurs fois et se met à jurer.*) Qu'est-ce que c'est?

SIBILOT

C'est le voisin. Il ne peut pas supporter l'humidité : ça l'enrhume.

GOBLET

Vous avez encore de la chance que ce soit le voisin. A Gennevilliers, c'est *moi* qui suis enrhumé. (*Il se rassied.*) Cher Monsieur, l'homme est un étrange animal : je raffole de votre appartement parce qu'il me rappelle le mien dont j'ai horreur.

SIBILOT

Allez donc expliquer cela!

GOBLET

Eh bien! c'est que mes fonctions m'appellent dans les beaux quartiers. Autrefois j'étais de la Mondaine;

on m'a mis sur les J-3 tragiques et les escrocs : tout
cela nous ramène à Passy. J'enquête au-dessus de ma
condition, cher Monsieur, et on me le fait sentir. Il
faut monter par l'escalier de service, attendre entre un
piano et une plante verte, sourire à des dames en peau
de gant et à des messieurs parfumés qui me traitent
comme si j'étais un domestique ; et pendant ce temps-
là, comme ils fourrent des glaces partout, je vois ma
pauvre gueule sur tous les murs.

SIBILOT

Vous ne pouvez pas les remettre à leur place ?

GOBLET

A leur place ? Mais ils y sont ! C'est moi qui ne suis
pas à la mienne. Mais vous devez connaître tout cela,
dans votre partie.

SIBILOT

Moi ? Si je vous disais que je dois, chaque jour,
embrasser le derrière de mon Directeur !

GOBLET

Ce n'est pas possible ! On vous y oblige ?

SIBILOT

C'est manière de parler.

GOBLET

Allez, je sais ce que parler veut dire et j'ai, moi qui
vous parle, embrassé plus de mille fois celui du Directeur de la Sûreté. Voilà bien ce qui me plaît, dans
votre intérieur : c'est qu'il sent la gêne et l'humilité
fière. Enfin j'enquête chez un égal : chez moi-même,
en quelque sorte. Je suis libre : s'il me prenait la fantaisie de vous boucler ou de vous passer à tabac,
personne ne protesterait.

SIBILOT

Vous y songez ?

GOBLET

Grands Dieux, non! Vous avez une tête bien trop
sympathique. Une tête comme la mienne! A soixante
mille francs par mois.

SIBILOT

Soixante-dix.

GOBLET

Soixante, soixante-dix, c'est bien pareil, allez! On
change de tête à partir de cent billets. (*Ému.*) Mon
pauvre Sibilot!

SIBILOT

Mon pauvre inspecteur! (*Ils se serrent la main.*)

GOBLET

Nous seuls pouvons mesurer notre misère et notre
grandeur. Donnez-moi donc à boire.

SIBILOT

Volontiers. (*Il remplit deux verres.*)

GOBLET, *levant son verre.*

Aux gardiens de la culture occidentale. (*Il boit.*)

SIBILOT

Que la victoire demeure à ceux qui défendent les
riches sans les aimer. (*Il boit.*) A propos, vous n'auriez
pas une idée?

GOBLET

Contre qui?

SIBILOT

Contre les communistes.

GOBLET

Ah! vous êtes à la propagande! Eh bien! vous ne
la trouverez pas, votre idée : elle est beaucoup trop

maligne pour vous. Pas plus que je ne trouverai mon Valera.

SIBILOT

Il est trop malin ?

GOBLET

Lui ? Si je ne craignais pas les grands mots, je vous dirais que c'est un génie. A propos, vous m'avez bien dit qu'il s'était réfugié dans votre appartement ?

SIBILOT

Je... J'ai dit qu'un individu...

GOBLET

C'est lui sans aucun doute. S'il y était tout à l'heure, il devrait y être encore : toutes les fenêtres de l'immeuble sont surveillées. J'ai des hommes dans le couloir et dans l'escalier. Bon. Eh bien ! voilà qui va vous prouver l'estime où je le tiens : je ne fouillerai pas dans cette chambre, je ne pénétrerai même pas dans les autres pièces. Et savez-vous pourquoi ? Parce que je sais qu'il s'est arrangé pour se rendre méconnaissable ou pour quitter les lieux. Qui sait où il est ? Et sous quel déguisement ? C'est peut-être vous.

SIBILOT

Moi ?

GOBLET

Rassurez-vous : la médiocrité ne s'imite pas. Finissons-en, cher Monsieur : dites-moi deux mots pour mon rapport. Vous l'avez entrevu ; vous vous êtes précipité au téléphone pour nous prévenir et il a profité de ces quelques minutes d'inattention pour disparaître ? C'est bien cela ?

SIBILOT

Je...

GOBLET

Parfait ! (*Un temps.*) Il ne me reste plus qu'à me

retirer. En emportant le souvenir enchanteur de trop brefs instants. Nous devrions nous revoir.

SIBILOT

Je ne demande pas mieux.

GOBLET

Je me permettrai de vous téléphoner de temps à autre. Quand nous serons libres tous les deux, nous irons au cinéma, en garçons. Ne me raccompagnez pas! (*Il sort.*)

SCÈNE VIII

SIBILOT GEORGES.

SIBILOT, *va ouvrir la porte de la chambre.*
Donnez-moi votre idée et foutez le camp.

GEORGES

Non!

SIBILOT

Pourquoi?

GEORGES

Sans moi, mes idées s'étiolent. Nous sommes inséparables.

SIBILOT

Dans ces conditions, je me passerai de vous. Sortez!

GEORGES

Tu n'as pas entendu ce que t'a dit l'Inspecteur? Je suis un génie, papa!

SIBILOT, *résigné.*
Alors? Qu'est-ce que vous voulez?

GEORGES

Peu de chose. Que tu me gardes près de toi, jusqu'à ce que la police ait évacué l'immeuble.

SIBILOT

Et puis ? Pas d'argent ?

GEORGES

Non. Mais tu me refileras un de tes vieux costumes.

SIBILOT

C'est bon. Restez. (*Un temps.*) Votre idée, à présent.

GEORGES, *va s'asseoir,*
se verse un verre de vin,
bourre et allume sans se presser
une des pipes de Sibilot.

Eh bien ! voilà...

RIDEAU

QUATRIÈME TABLEAU

Décor : Le bureau de Jules Palotin.

SCÈNE I

JULES, TAVERNIER, PÉRIGORD, LA SECRÉTAIRE.

JULES

Quelle heure est-il?

TAVERNIER

Dix heures moins deux.

JULES

Pas de Sibilot?

TAVERNIER

Non.

JULES

Il arrivait toujours avant l'heure...

PÉRIGORD

Il n'est pas encore en retard.

JULES

Non! Mais il n'est déjà plus en avance. Je ne suis pas secondé. (*Téléphone.*)

LA SECRÉTAIRE, *au téléphone.*

Allô? Oui. Oui, Monsieur le Président. (*A Jules.*) Le

Conseil d'Administration vient de se réunir. Le Président demande s'il y a du neuf.

JULES

Du neuf? Qu'il aille se faire foutre! Dites que je suis sorti.

LA SECRÉTAIRE

Non, Monsieur le Président : il doit être au marbre. (*A Jules.*) Il n'a pas l'air content.

JULES

Dis-lui que je lui réserve une heureuse surprise.

LA SECRÉTAIRE, *au téléphone.*

Il a dit en quittant le bureau qu'il vous réservait une heureuse surprise. Bien.

JULES

Qu'a-t-il répondu?

LA SECRÉTAIRE

Que le Conseil attendait votre coup de téléphone.

JULES

Vieux grigou! Ladre! Je t'en foutrai, moi, des surprises. (*A la secrétaire.*) Demande-moi Sibilot tout de suite.

LA SECRÉTAIRE, *au téléphone.*

Sibilot chez le patron. (*A Jules.*) Il n'est pas arrivé.

JULES

Quelle heure est-il?

LA SECRÉTAIRE

Dix heures cinq.

JULES, *aux autres.*

Je vous l'avais dit : on commence par ne plus être en avance et l'on finit par arriver en retard. (*Un temps.*) Bien! Bien, bien, bien! Attendons! (*Il s'assied et prend une attitude reposée.*) Attendons dans le calme. (*Il prend une autre attitude reposée.*) Dans le calme complet. (*A Tavernier et à Périgord.*) Détendez-vous. (*La secrétaire commence à taper. Il crie.*) J'ai dit dans le calme! (*Sautant brusquement sur ses pieds.*) Je ne suis pas fait pour attendre. (*Il marche.*) On tue quelqu'un!

TAVERNIER

Où ça, patron?

JULES

Est-ce que je sais? Au Caire, à Hambourg, à Valparaiso, à Paris. Un avion à réaction explose au-dessus de Bordeaux. Un paysan découvre dans son champ les empreintes d'un Martien. Je suis l'actualité, mes enfants: l'actualité n'attend pas. (*Téléphone.*) C'est Sibilot?

LA SECRÉTAIRE, *au téléphone.*

Allô, oui? Oui, Monsieur le Ministre. (*A Jules.*) C'est le Ministre de l'Intérieur : il demande s'il y a du neuf.

JULES

Je ne suis pas là.

LA SECRÉTAIRE

Non, Monsieur le Ministre, Monsieur le Directeur n'est pas là. (*A Jules.*) Il est furieux.

JULES

Dis-lui que je lui réserve une surprise.

LA SECRÉTAIRE

Monsieur le Directeur a dit tout à l'heure qu'il vous réservait une surprise. Bien, Monsieur le Ministre. (*Elle raccroche.*) Il retéléphonera dans une heure.

JULES

Une heure! Une heure pour trouver cette surprise...

PÉRIGORD

Tu la trouveras, Jules!

JULES

Moi? J'en serais le premier surpris. (*Il s'arrête de marcher.*) Revenons au calme. Tonnerre de Dieu! Efforçons-nous de penser à autre chose. (*Un temps.*) Eh bien?

TAVERNIER, *surpris.*

Eh bien?

JULES

Pensez!

PÉRIGORD

Bien, patron. A quoi?

JULES

Je vous l'ai dit : à autre chose.

PÉRIGORD

Nous y pensons.

JULES

Pensez tout haut!

PÉRIGORD, *pensant.*

Je me demande si le propriétaire va réparer la voiture. Mon avocat me conseille de lui faire un procès! Il dit que je le gagnerai, mais je n'en suis pas sûr.

TAVERNIER, *pensant.*

Où donc ai-je pu mettre ce carnet de métro? J'ai vainement fouillé toutes mes poches. Pourtant, je me revois encore, ce matin, devant le guichet : je prends ma monnaie de la main droite, et de la gauche...

JULES

Voleurs!

TAVERNIER, *réveillé en sursaut.*

Qu'est-ce que c'est?

JULES

Enfin je vois dans vos cœurs; et qu'est-ce que j'y trouve? Des toitures et des tickets de métro! Vos pensées sont à moi : je les paye et vous me les volez! (*A la secrétaire.*) Je veux Sibilot! Téléphone à son domicile personnel.

LA SECRÉTAIRE

Bien, Jules. (*Elle forme un numéro. Elle attend. Jules cesse de marcher, il attend.*) On ne répond pas.

JULES

Je le fous dehors! Non, non, je n'écoute rien! Je le fous dehors! Par qui le remplacer?

TAVERNIER

Thierry Maulnier?

JULES

Non.

TAVERNIER

C'est un esprit distingué, qui a grand-peur du communisme.

JULES

Oui, mais il n'a pas la peur communicative et j'en connais deux qui, pour avoir lu ses articles, sont allés droit s'inscrire au P. C. (*Brusquement.*) Et Nekrassov? Quelles nouvelles?

PÉRIGORD

On le signale à Rome.

JULES

A Rome? C'est foutu : la Démocratie Chrétienne va le garder.

TAVERNIER

Tass a démenti, d'ailleurs : il serait en Crimée depuis quinze jours.

JULES

Pourquoi pas? Ne parlons pas trop de lui pour l'instant. Attendez confirmation et ne dites surtout pas qu'il est à Rome : avec la crise de l'hôtellerie, ce n'est pas le moment de faire de la réclame pour le tourisme italien. Voyons, mes enfants : prenons le taureau par les cornes. Vous y êtes?

TAVERNIER ET PÉRIGORD

Jules, nous y sommes.

JULES

Pour lancer une campagne, que faut-il?

PÉRIGORD

Des capitaux.

JULES

Nous les avons. Et puis?

TAVERNIER

Une victime.

JULES

Nous l'avons aussi. Mais encore?

PÉRIGORD

Un thème.

JULES

Un thème, voilà! Un thème.

TAVERNIER

Un thème fracassant!

PÉRIGORD

Percutant!

TAVERNIER

Terreur et sex-appeal!

PÉRIGORD

Un peu de squelette et un peu de fesse!

JULES

Ah! je le vois, ce thème, je le vois!

TAVERNIER

Nous aussi, patron, nous le voyons...

JULES

Je le tiens...

PÉRIGORD

Nous le tenons! Nous le tenons!

JULES

Vous aussi, vous le tenez?

TAVERNIER

Parbleu!

JULES

Eh bien! dites-moi ce que c'est?

PÉRIGORD

Ah! n'est-ce pas, c'est une vue d'ensemble...

TAVERNIER

Un tout qu'on peut difficilement...

PÉRIGORD

Je crois qu'il faudrait trouver quelqu'un pour le..

TAVERNIER

Enfin, pour le...

JULES

Et voilà! (*Il s'assied accablé. Brusquement.*) Vous riez, les enfants?

TAVERNIER, *indigné.*

Nous, Jules! Comment peux-tu le croire?

JULES

Vous auriez tort de rire : si je saute, vous sautez avec moi. (*Téléphone.*)

LA SECRÉTAIRE

Oui? Qu'il monte tout de suite. (*A Jules.*) C'est Sibilot.

JULES

Enfin!

> *Ils s'immobilisent tous quatre, le regard fixé sur la porte vitrée. Quand elle s'ouvre, Jules fait signe à Tavernier et à Périgord de sortir. Ils sortent, la secrétaire les suit.*

SCÈNE II

JULES, SIBILOT, GEORGES.

JULES

Mon brave Sibilot. Sais-tu que j'ai failli attendre.

SIBILOT

Il faut m'excuser, patron!

JULES

Va, va. C'est oublié! Qui est ce Monsieur?

SIBILOT

C'est un monsieur.

JULES

Je le vois bien.

SIBILOT

Je vous parlerai de lui tout à l'heure.

JULES

Bonjour, Monsieur. (*Georges ne répond pas.*) Il est sourd?

SIBILOT

Il ne comprend pas le français.

JULES, *à Georges, montrant un fauteuil.*

Asseyez-vous donc. (*Il fait le geste de s'asseoir. Georges reste impassible.*) Il ne comprend pas non plus les gestes?

SIBILOT

C'est parce que vous les avez faits en français.

Georges s'éloigne et prend sur le bureau un journal qui porte un gros titre : « NEKRASSOV DISPARU ».

JULES

Il lit?

SIBILOT

Non. Non, non. Il regarde les images.

JULES, *mettant les mains sur les épaules de Sibilot.*

Alors, mon vieux?

SIBILOT, *sans comprendre.*

Alors?

JULES

Ton idée?

SIBILOT

Ah! mon idée... (*Un temps.*) Patron, je suis navré.

JULES, *furieux.*

Tu n'as pas d'idée?

SIBILOT

C'est-à-dire... (*Georges derrière Jules lui fait signe de parler.*) Oh! si Patron. Bien sûr que si.

JULES

Tu n'as pas l'air d'en être très fier.

SIBILOT

Non. (*Gestes de Georges.*) Mais je... je suis un modeste.

JULES

Est-elle bonne, au moins? (*Geste de Georges.*)

SIBILOT, *dans un murmure.*

Ah! trop bonne!

JULES

Et tu t'en plains? Sibilot, tu es un original. (*Un temps.*) Voyons cela. (*Silence de Sibilot.*) Tu ne dis rien. (*Exhortations muettes de Georges. Sibilot se tait.*) Je vois ce que c'est : tu veux ton augmentation. Écoute, mon vieux. Tu l'auras, je te le promets : tu l'auras si ton idée me plaît.

SIBILOT

Oh! Non! Non, non!

JULES

Qu'est-ce que c'est?

SIBILOT

Je ne veux pas qu'on m'augmente!

JULES

Eh bien! je ne t'augmenterai pas, là! Es-tu content? (*Agacé.*) A la fin, parleras-tu? (*Sibilot désigne Georges du doigt.*) Eh bien?

SIBILOT

C'est elle!

JULES

Qui, elle?

SIBILOT

Lui.

JULES, *sans comprendre.*

Lui, c'est elle?

SIBILOT

Lui, c'est l'idée.

JULES

Ton idée, c'est lui?

SIBILOT

Ce n'est pas *mon* idée. Non, non, non! Ce n'est pas *mon* idée!

JULES

Alors, c'est la sienne? (*Georges fait signe que non.*)

SIBILOT, *obéissant à Georges.*

Non plus.

JULES, *désignant Georges.*

Enfin, qui est-ce?

SIBILOT

Un... un étranger.

JULES

De quelle nationalité?

SIBILOT

Ah! (*fermant les yeux*) Soviétique.

JULES, *déçu.*

Je vois.

SIBILOT, *lancé.*

Un fonctionnaire soviétique qui a franchi le rideau de fer.

JULES

Un fonctionnaire supérieur? (*Georges fait signe à Sibilot de dire oui.*)

SIBILOT

Oui... (*Repris par sa terreur.*) C'est-à-dire non. Moyen. Très moyen. Un tout petit fonctionnaire.

JULES

Bref, un homme de rien.

SIBILOT

Voilà! (*Gestes furieux de Georges.*)

JULES

Et qu'est-ce que tu veux que j'en foute, mon ami, de ton fonctionnaire soviétique?

SIBILOT

Rien, Patron, absolument rien.

JULES

Comment, rien? Pourquoi l'as-tu amené?

SIBILOT, *se ressaisissant*

Je pensais qu'il pourrait nous fournir...

JULES

Quoi?

SIBILOT

Des renseignements.

JULES

Des renseignements! Sur quoi? Sur les machines à écrire soviétiques? Sur les lampes de bureau ou les ventilateurs? Sibilot, je t'ai chargé de lancer une campagne de grand style et tu me proposes des ragots dont *Paix et Liberté* ne voudrait pas. Depuis Kravchenko, sais-tu combien j'en ai vu défiler, moi, de fonctionnaires soviétiques ayant choisi la liberté? Cent vingt-deux, mon ami, vrais ou faux. Nous avons reçu des chauffeurs d'ambassade, des bonnes d'enfants, un plombier, dix-sept coiffeurs et j'ai pris l'habitude de les refiler à mon confrère Robinet du *Figaro*, qui ne dédaigne pas la petite information. Résultat : baisse générale sur le Kravchenko. Le dernier en date, Demidoff, un grand administrateur, celui-là, un économiste distingué, c'est à peine s'il a fourni quatre papiers et Bidault, lui-même, ne l'invite plus à dîner. (*Il va vers Georges.*) Ah! Monsieur a franchi le Rideau de Fer. Ah! Monsieur a choisi la liberté! Eh bien! fais-lui donner une soupe et envoie-le, de ma part, à l'Armée du Salut.

SIBILOT

Bravo! Patron!

JULES

Hé!

SIBILOT

Vous ne pouvez pas savoir comme je suis content. (*A Georges, vengeur.*) A l'Armée du Salut! A l'Armée du Salut!

JULES

C'est tout? Tu n'as pas d'autre idée?

SIBILOT, *se frottant les mains.*

Aucune! Absolument aucune!

JULES

Imbécile! Tu es congédié!

SIBILOT

Oui, Patron! Merci, Patron! Au revoir, Patron!

Il va pour sortir. Georges l'arrête et le ramène au milieu de la scène.

GEORGES

Vous permettez?

JULES

Vous parlez donc français?

GEORGES

Ma mère était française.

JULES, *à Sibilot.*

Et menteur, avec ça! Fous-moi le camp!

GEORGES, *maintenant Sibilot.*

Je le lui avais caché par précaution.

JULES

Monsieur, je vous félicite de manier si bien notre
belle langue, mais, en français comme en russe, vous me
faites perdre mon temps et je vous serais reconnaissant
de quitter mon bureau sur-le-champ.

GEORGES

C'est ce que je compte faire. (*A Sibilot.*) A *France-
Soir*, vite!

JULES

A *France-Soir* ? Pourquoi?

GEORGES, *allant pour sortir.*

Votre temps est trop précieux ; je ne vous importu-
nerai pas davantage.

JULES, *se plaçant devant lui.*

Je connais bien mon confrère Lazareff et je puis
vous assurer qu'il ne fera rien pour vous.

GEORGES

J'en suis convaincu : je n'attends rien de personne
et personne ne peut m'aider. Mais, moi, je peux faire
beaucoup pour son journal et pour votre pays.

JULES

Vous?

GEORGES.

Moi.

JULES

Que ferez-vous donc?

GEORGES

Vous allez perdre votre temps.

SIBILOT

Oui, patron, oui : vous allez perdre votre temps.
(*A Georges.*) Sortons.

JULES

Sibilot! A la niche! (*A Georges.*) Je dispose tout de
même de cinq minutes et il ne sera pas dit que j'aurai
renvoyé un homme sans l'entendre.

GEORGES

C'est vous qui me priez de rester?

JULES

C'est moi qui vous en prie.

GEORGES

Soit.

Il plonge sous la table et se promène à quatre pattes.

JULES

Que faites-vous?

GEORGES

Pas de magnétophone caché? Pas de micro? Bon.
(*Il se relève.*) Avez-vous du courage?

JULES

Je le crois.

GEORGES

Si je parle, vous serez en danger de mort.

JULES

En danger de mort? Ne **parlez** pas! Si, parlez! Parlez
vite.

GEORGES

Regardez-moi. Mieux que cela. (*Un temps.*) Eh bien?

JULES

Eh bien quoi?

GEORGES

Vous avez publié ma photo en première page de votre journal.

JULES

Vous savez, les photos... (*Le regardant.*) Je ne vois pas.

GEORGES, *se mettant une patte noire sur l'œil droit.*
Et comme ceci?

JULES

Nekrassov!

GEORGES

Si vous criez, vous êtes perdu. Il y a sept communistes en armes dans vos bureaux.

JULES

Leurs noms?

GEORGES

Plus tard! Le danger n'est pas immédiat.

JULES

Nekrassov! (*A Sibilot.*) Et tu ne me l'avais pas dit!

SIBILOT

Je vous jure que je ne le savais pas, Patron. Je vous le jure.

JULES

Nekrassov! Mon vieux Sibilot, tu as du génie!

SIBILOT

Patron, je suis indigne! indigne! indigne.

JULES

Nekrassov! Tiens, je t'adore! (*Il l'embrasse.*)

SIBILOT, *se laissant tomber dans le fauteuil.*

Tout est consommé! (*Il s'évanouit.*)

GEORGES, *le regardant avec mépris.*

Enfin seuls! (*A Jules.*) Causons.

JULES

Je ne voudrais pas vous blesser. Mais...

GEORGES

Vous ne le pourriez pas, même si vous le vouliez.

JULES

Qu'est-ce qui me prouve que vous êtes Nekrassov?

GEORGES, *riant.*

Rien!

JULES

Rien?

GEORGES

Rien du tout. Fouillez-moi.

JULES

Je ne...

GEORGES, *violent.*

Je vous dis de me fouiller!

JULES

Bon! Bon! (*Il fouille.*)

GEORGES

Qu'avez-vous trouvé?

JULES

Rien.

GEORGES

La voilà, la preuve irréfutable. Que ferait un imposteur ? Il vous montrerait son passeport, un livret de famille, une carte d'identité soviétique. Mais vous, Palotin, si vous étiez Nekrassov et si vous vous proposiez de franchir le rideau de fer, seriez-vous assez imbécile pour garder sur vous vos papiers ?

JULES

Ma foi non.

GEORGES

Voilà ce qu'il fallait démontrer.

JULES

C'est lumineux. (*Rembruni.*) Mais, à ce compte-là, n'importe qui pourrait...

GEORGES

Ai-je l'air de n'importe qui ?

JULES

Déjà l'on vous signale en Italie...

GEORGES

Parbleu ! Et l'on me signalera demain en Grèce, en Espagne, en Allemagne Occidentale. Mais faites-les venir, ces imposteurs ; faites-les venir tous et la vérité vous aveuglera. Le véritable Nekrassov a vécu trente-cinq ans dans l'Enfer Rouge : il a les yeux d'un homme qui revient de loin. Regardez mes yeux ! Le véritable Nekrassov a tué cent dix-huit personnes de sa propre main ! Regardez mes mains. Le véritable Nekrassov a fait régner dix ans la Terreur ! Convoquez les faussaires qui m'ont volé mon nom et vous verrez qui d'entre nous est le plus terrible. (*Brusquement sur Jules.*) Avez-vous peur ?

JULES

Je... (*Il recule et manque heurter la valise.*)

GEORGES

Malheureux! Ne touchez pas à la valise!

JULES, *criant.*

Ah! (*Regardant la valise.*) Qu'est-ce qu'il y a dedans?

GEORGES

Vous le saurez plus tard. Éloignez-vous. (*Jules se rencoigne.*) Vous voyez : vous avez peur. Déjà! Ah! je vous ferai mourir de peur, tous, vous verrez si je suis Nekrassov!

JULES

J'ai peur, mais j'hésite encore. Si vous me trompiez...

GEORGES

Eh bien?

JULES

Le journal serait coulé. (*Sonnerie de téléphone. Il décroche.*) Allô! Bonjour, mon cher Ministre. Oui. Oui. Mais naturellement! Rien ne me tient plus à cœur que cette campagne. Oui. Oui. Mais non : je n'y mets aucune mauvaise volonté! Je vous demande quelques heures. Quelques heures seulement. Oui, du nouveau. Je ne peux pas m'expliquer par téléphone. Mais je vous en prie, ne vous fâchez... Il a raccroché! (*Il raccroche.*)

GEORGES, *ironique.*

Vous avez grand besoin que je sois Nekrassov.

JULES

Hélas!

GEORGES

Donc je le suis.

JULES

Plaît-il?

GEORGES

Avez-vous oublié votre catéchisme? On prouvait Dieu par le besoin que l'homme a de lui.

JULES

Vous connaissez le catéchisme?

GEORGES

Nous connaissons tout. Allons, Jules, vous avez entendu le ministre : si je ne suis pas Nekrassov, vous n'êtes plus Palotin, le Napoléon de la presse. Etes-vous Palotin?

JULES

Oui.

GEORGES

Voulez-vous le rester?

JULES

Oui.

GEORGES

Alors je suis Nekrassov.

SIBILOT, *reprenant ses esprits.*

Il ment, Patron, il ment!

JULES, *se jetant sur lui.*

Imbécile! Incapable! Crétin! De quoi te mêles-tu? Cet homme est Nekrassov et vient de me le prouver.

SIBILOT

Il vous l'a prouvé?

JULES

Irréfutablement!

SIBILOT

Mais je vous jure...

JULES

Sors d'ici! A l'instant!

GEORGES

Va-t'en, mon bon Sibilot. Attends-moi dehors. (*Ils le poussent.*)

SIBILOT, *disparaissant.*

Je ne suis responsable de rien! Je me lave les mains de toute l'affaire!

La porte se referme sur lui.

SCÈNE III

GEORGES, JULES.

GEORGES

Au travail!

JULES

Vous savez tout, n'est-ce pas?

GEORGES

Sur quoi?

JULES

Sur l'U. R. S. S.?

GEORGES

Voyons!

JULES

Et c'est... terrible?

GEORGES, *pénétré.*

Ah!

JULES

Pourriez-vous me dire...

GEORGES

Rien. Appelez votre Conseil d'Administration : j'ai des conditions à poser.

JULES

A moi, vous pouvez bien...

GEORGES

Rien, vous dis-je. Appelez le Conseil.

JULES, *prenant le téléphone.*

Allô. Mon cher Président, la surprise est arrivée. Elle
vous attend. Oui. Oui. Oui. Eh oui! Vous voyez que je
tiens toujours mes promesses. (*Il raccroche.*) Il est furieux, le vieux saligaud!

GEORGES

Pourquoi?

JULES

Il espérait bien avoir ma peau!

GEORGES

Comment s'appelle-t-il?

JULES

Mouton.

GEORGES

Je retiens son nom. (*Un temps.*)

JULES

J'aurais pourtant voulu, en les attendant...

GEORGES

Un échantillon de ce que je sais. Bon. Eh bien! je
peux dévoiler dans ses détails le fameux plan C pour
l'occupation de la France en cas de guerre mondiale.

JULES

Il y a un plan C pour l'occupation de la France?

GEORGES

Vous en avez parlé dans votre journal l'an dernier.

JULES

Oui ? Ah ! oui. Mais je... souhaitais une confirmation.

GEORGES

N'avez-vous pas écrit, à l'époque, que le Plan C conte-
nait la liste des futurs fusillés ? Eh bien ! vous aviez
raison.

JULES

On fusillera des Français ?

GEORGES

Cent mille.

JULES

Cent mille !

GEORGES

L'avez-vous écrit, oui ou non ?

JULES

Vous savez, on écrit ça sans y penser. Et vous avez
la liste ?

GEORGES

J'ai appris par cœur les vingt mille premiers noms.

JULES

Donnez-m'en quelques-uns. Qui sera fusillé ? Herriot ?

GEORGES

Bien entendu.

JULES

Lui qui a toujours été si aimable avec vous — enfin,
avec eux ! Cela m'amuse beaucoup ! Qui d'autre ? Tous
les ministres, je pense ?

GEORGES

Et tous les anciens ministres.

JULES

C'est-à-dire un député sur quatre.

GEORGES

Pardon! Un député sur quatre sera passé par les
armes *à titre d'ancien ministre*. Mais les trois autres
peuvent être exécutés pour d'autres raisons.

JULES

Je vois : toute l'Assemblée y passera, sauf les communistes.

GEORGES

Sauf les communistes? Pourquoi?

JULES

Ah! parce que les communistes aussi...

GEORGES

Chut!

JULES

Mais...

GEORGES

Vous n'êtes pas encore assez endurci pour supporter
la vérité! Je ferai mes révélations petit à petit.

JULES

Connaissez-vous Perdrière?

GEORGES

Perdrière?

JULES

Nous aimerions qu'il figurât sur la liste.

GEORGES

Tiens! Pourquoi?

JULES

Comme cela! Pour lui donner à réfléchir. S'il n'y est pas, tant pis.

GEORGES

C'est que je connais deux Perdrière. L'un s'appelle René...

JULES

Ce n'est pas lui.

GEORGES

Tant mieux : parce que, lui, il n'est pas sur la liste.

JULES

Le nôtre, c'est Henri. Un radical-socialiste.

GEORGES

Henri! C'est cela. Je ne connais que lui. Un député?

JULES

Non. Il l'a été. Mais il ne l'est plus. Il se présente aux élections partielles de Seine-et-Marne.

GEORGES

C'est lui. Vous pensez bien qu'on ne l'épargnera pas. Il est même de la toute première fournée.

JULES

Vous me faites plaisir. Et dans le journalisme? Qui?

GEORGES

Beaucoup de gens.

JULES

Mais, par exemple, qui?

GEORGES

Vous!

JULES

Moi? (*Il se jette au téléphone.*) Périgord! Titre sur six colonnes : « Nekrassov à Paris ; notre directeur sur la liste noire. » C'est amusant, hein? Oui, très amusant! (*Il raccroche. Tout à coup.*) Moi? Fusillé? C'est... c'est inadmissible.

GEORGES

Bah!

JULES

Mais je suis un journal gouvernemental, voyons! Il y aura bien un gouvernement, quand les Soviets occuperont Paris!

GEORGES

Sans doute.

JULES

Eh bien alors?

GEORGES

Ils garderont *Soir à Paris*, mais ils liquideront le personnel.

JULES

Fusillé! Le plus drôle, c'est que cela ne m'est pas entièrement désagréable. Cela donne du poids, de la taille. Je grandis. (*Il se met devant la glace.*) Fusillé! Fusillé! Cet homme-là (*Il se montre dans la glace.*) sera fusillé. Hé! je me vois avec d'autres yeux. Savez-vous ce que cela me rappelle : le jour où j'ai reçu ma Légion d'honneur. (*Se tournant vers Georges.*) Et le Conseil d'Administration?

GEORGES

Vous n'aurez qu'à m'en nommer les membres et je vous dirai le sort qui les attend.

JULES

Les voici!

> *Entrent les membres du Conseil d'Administration.*

SCÈNE IV

JULES, GEORGES, MOUTON, NERCIAT, LERMINIER,
CHARIVET, BERGERAT.

MOUTON

Mon cher Palotin...

JULES

Messieurs, voici ma surprise!

TOUS

Nekrassov!

JULES

Nekrassov, oui! Nekrassov qui m'a fourni des preuves irréfutables de son identité, qui parle français et
qui s'apprête à faire au monde entier des révélations
stupéfiantes. Il sait par cœur, entre autres, le nom des
vingt mille personnes que le commandement soviétique
s'apprête à fusiller quand les troupes russes occuperont
la France.

LE CONSEIL, *rumeurs.*

Des noms! Des noms! En sommes-nous? En suis-
je?

GEORGES

J'aimerais connaître ces messieurs par leur nom.

JULES

Cela va de soi. (*Désignant le membre le plus proche.*)
M. Lerminier.

LERMINIER

Enchanté.

GEORGES

Exécuté.

JULES

M. Charivet.

CHARIVET

Enchanté.

GEORGES

Exécuté.

JULES

M. Nerciat.

NERCIAT

Enchanté.

GEORGES

Exécuté.

NERCIAT

Monsieur, cela m'honore.

JULES

M. Bergerat.

BERGERAT

Enchanté.

GEORGES

Exécuté.

BERGERAT

Voilà qui prouve, Monsieur, que je suis bon Français.

JULES

Et voici notre Président, M. Mouton.

GEORGES

Mouton?

JULES

Mouton.

GEORGES

Ah!

MOUTON, *s'avançant.*

Enchanté.

GEORGES

Enchanté.

MOUTON

Plaît-il?

GEORGES

Je dis : enchanté.

MOUTON, *riant.*

C'est un lapsus?

GEORGES

Non.

MOUTON

Vous voulez dire : exécuté.

GEORGES

Je veux dire ce que je dis.

MOUTON

Mouton, voyons! Mou-ton. Comme un mouton.

JULES

M. Comme Marie, O comme Octave...

GEORGES

Inutile. M. Mouton n'est pas sur la liste.

MOUTON

Vous m'aurez oublié.

GEORGES

Je n'oublie rien.

MOUTON

Et pourquoi, s'il vous plaît, ne daigne-t-on pas
m'exécuter ?

GEORGES

Je l'ignore.

MOUTON

Ah! non : ce serait trop commode. Je ne vous connais
pas, vous me déshonorez et vous refuseriez de vous
expliquer ? J'exige...

GEORGES

La liste noire de la Presse nous a été fournie par le
ministre de l'Information sans commentaires.

NERCIAT

Mon cher Mouton...

MOUTON

Il s'agit d'une plaisanterie, Messieurs, d'une simple
plaisanterie.

GEORGES

Un ministre soviétique ne plaisante jamais.

MOUTON

C'est infiniment désagréable! Voyons, chers amis,
dites à M. Nekrassov que mes états de service font de
moi la victime désignée du gouvernement soviétique :
ancien combattant de 14, croix de guerre, je préside
quatre conseils d'administration et je... (*Il s'arrête.*)
Enfin, dites quelque chose! (*Silence gêné.*) Palotin,
vous avez l'intention de publier cette liste ?

JULES

Je ferai ce que vous déciderez, Messieurs.

BERGERAT

Il va de soi qu'il faut la publier.

MOUTON

Eh bien! veillez à y mettre mon nom. Le public ne comprendrait pas qu'on l'oublie. Vous auriez des protestations!

Georges prend son chapeau et va pour sortir.

JULES

Où allez-vous?

GEORGES

A *France-Soir*.

NERCIAT

A *France-Soir*? Mais...

GEORGES

Je ne mens jamais, c'est ma force. Vous reproduirez mes déclarations sans les altérer ou je m'adresserai à d'autres.

MOUTON

Allez au diable! Nous nous passerons de vous!

NERCIAT

Vous êtes fou, mon cher!

CHARIVET

Complètement fou!

BERGERAT, *à Georges*.

Veuillez nous excuser, cher Monsieur.

LERMINIER

Notre Président est très nerveux...

CHARIVET

Et son émotion est légitime.

NERCIAT

Mais nous souhaitons la Vérité.

BERGERAT

Toute la Vérité.

LERMINIER

Rien que la Vérité.

JULES

Et nous publierons tout ce que vous voudrez.

MOUTON

Je vous dis que cet homme est un imposteur.

Rumeurs de désapprobation.

GEORGES

A votre place, Monsieur, je ne parlerais pas d'imposture : car enfin ce n'est pas moi, c'est vous qu'on a exclu de la liste noire.

MOUTON, *aux membres du Conseil.*

Laisserez-vous insulter votre Président ? (*Silence.*) Le cœur de l'homme est creux et plein d'ordures : vous me connaissez depuis vingt ans, mais qu'importe ? Il a suffi d'un mot prononcé par un inconnu : déjà vous vous défiez de moi. De moi, votre ami!

CHARIVET

Mon cher Mouton...

MOUTON

Arrière! Votre âme est gangrenée par l'appétit du gain! On compte éblouir les concierges par des révélations sensationnelles et dénuées de fondement, on espère doubler la vente, on sacrifie vingt ans d'amitié au veau d'or! Eh bien! révélez, Messieurs, révélez! Je vous quitte et vais chercher la preuve que cet homme est un menteur, un faussaire, un escroc. Priez Dieu que je la trouve avant que le monde entier rie de votre folie. Au revoir. Quand nous nous reverrons, vous aurez un sac de cendres sur la tête et vous vous frapperez la poitrine en implorant mon pardon! (*Il sort.*)

SCÈNE V

LES MÊMDS *moins* MOUTON, LA SECRÉTAIRE.

NERCIAT

Tiens!

CHARIVET

Tiens! Tiens!

LERMINIER

Tiens! Tiens! Tiens!

BERGERAT

Tiens! Tiens! Tiens! Tiens!

GEORGES

Ah! Messieurs! Vous en verrez bien d'autres!

NERCIAT

Nous ne demandons qu'à voir.

BERGERAT

Parlez! Parlez vite!

GEORGES

Un instant, Messieurs! J'ai des explications à vous donner et des conditions à poser.

LERMINIER

Nous vous écoutons.

GEORGES

Pour éviter les malentendus, je tiens d'abord à préciser que je vous méprise.

NERCIAT

Parbleu! cela va de soi.

11

BERGERAT

Et nous comprendrions mal qu'il en fût autrement.

GEORGES

Vous représentez à mes yeux les abjects suppôts du capitalisme.

CHARIVET

Bravo!

GEORGES

J'ai quitté ma patrie quand j'ai compris que les Maîtres du Kremlin trahissaient le principe de la Révolution, mais ne vous y trompez pas : je demeure communiste ir-ré-duc-ti-ble-ment!

LERMINIER

Cela vous honore.

NERCIAT

Et nous vous savons gré de votre franchise.

GEORGES

En vous donnant les moyens de renverser le régime soviétique, je ne suis pas sans savoir que je prolonge d'un siècle la société bourgeoise.

TOUS

Bravo! Très bien! Très bien!

GEORGES

Je m'y résigne avec douleur parce que mon objectif principal est de purifier le mouvement révolutionnaire. Qu'il meure, s'il le faut : dans cent ans il renaîtra de ses cendres ; alors, nous reprendrons notre marche en avant et, cette fois, j'aime mieux vous dire que nous gagnerons.

NERCIAT

Dans cent ans, c'est cela!

CHARIVET

Dans cent ans! Le déluge!

NERCIAT

Pour moi, j'ai toujours dit que nous allions au socialisme. Le tout, c'est d'y aller doucement.

BERGERAT

D'ici là, n'ayons qu'un souci : abattre l'U. R. S. S.!

CHARIVET

Abattre l'U. R. S. S., bravo!

LERMINIER

Abattre l'U. R. S. S.! Abattre l'U. R. S. S.! Écraser le Parti Communiste Français!

> *La secrétaire apporte des coupes de champagne sur un plateau.*

NERCIAT, *levant sa coupe.*

A la santé de notre cher ennemi!

GEORGES

A la vôtre! (*Ils trinquent et boivent.*) Voici mes conditions. Pour moi, je ne veux rien.

LERMINIER

Rien?

GEORGES

Rien : un appartement au *George-V*, deux gardes du corps, des habits décents et de l'argent de poche.

NERCIAT

D'accord.

GEORGES

Je dicterai mes mémoires et mes révélations à un journaliste éprouvé.

JULES

Voulez-vous Cartier ?

GEORGES

Je veux Sibilot.

JULES

Parfait.

GEORGES

J'entends qu'on l'augmente. Combien touche-t-il ?

JULES

Euh... Soixante-dix billets par mois.

GEORGES

Affameur! Vous triplerez la somme.

JULES

Je vous le promets.

GEORGES

Au travail!

JULES

Et les sept communistes ?

GEORGES

Quels communistes ?

JULES

Ceux qui sont en armes dans mes bureaux ?

GEORGES

Ah!... Ah! Oui.

NERCIAT

Il y a des communistes à *Soir à Paris* ?

JULES, *à Georges.*

Sept! N'est-ce pas ?

GEORGES

Oui. Oui, oui. C'est le chiffre que je vous ai donné.

NERCIAT

Incroyable! Comment se sont-ils glissés...

GEORGES, *riant.*

Ha! Ha! Ha! Vous êtes naïfs!

LERMINIER

En armes? Quelles armes?

GEORGES

L'arsenal ordinaire : grenades, bombes au plastic, revolvers. Et puis, il doit y avoir quelques mitraillettes sous le plancher.

NERCIAT

C'est fort dangereux.

GEORGES

Mais non : pas pour l'instant. Revenons à notre sujet.

BERGERAT

Mais *c'est* notre sujet.

NERCIAT

Et permettez-moi de vous dire que votre première tâche doit être d'empêcher le massacre du Conseil d'Administration.

GEORGES

Ils ne songent pas à vous massacrer.

NERCIAT

Alors pourquoi ces armes?

GEORGES

Chut!

NERCIAT, *étonné.*

Chut ?

GEORGES

Vous saurez chaque chose en son temps.

JULES

De toute façon, il faut assainir le personnel. M. Nekrassov va nous donner ces sept noms.

LERMINIER, *riant*

Je pense bien qu'il va nous les donner. Il s'en fera
même un plaisir !

BERGERAT

Les salauds ! Les salauds ! Les salauds ! Les salauds !

LERMINIER

Vous les flanquerez dehors, ce matin même !

JULES

Et s'ils me tirent dessus ?

BERGERAT

Prévenez la police et demandez un car d'inspecteurs.

NERCIAT

Au moindre geste, bouclés !

CHARIVET

Vous pensez bien qu'ils n'oseront rien faire.

LERMINIER

De toute manière, il sera bon de donner leurs adresses
au ministère de l'Intérieur : il y a là une filière à ne pas
négliger.

NERCIAT

J'y pense : Palotin, vous téléphonerez à tous nos
confrères du soir et du matin pour leur communiquer la
liste : ces gaillards doivent être rayés de la profession.

LERMINIER

Qu'ils disparaissent!

CHARIVET

Qu'ils crèvent de faim, ces pirates!

BERGERAT

Malheureusement, leur Parti les nourrira!

CHARIVET

Leur Parti? Il les laissera tomber dès qu'on saura qu'ils sont brûlés.

NERCIAT

Vous ne craignez pas qu'ils jettent des bombes pour se venger?

CHARIVET

On fera garder l'immeuble par les C. R. S.

LERMINIER

Par la troupe, s'il le faut.

CHARIVET

Pendant six mois!

LERMINIER

Pendant un an! Pendant deux ans!

BERGERAT

Ah! ces messieurs veulent la bagarre : eh bien! je vous garantis qu'ils l'auront!

NERCIAT, *se tournant vers Georges.*

Nous vous écoutons, cher Monsieur.

GEORGES

Je... je crains de ne pas retrouver tous les noms.

JULES, *à la secrétaire.*

Fifi! Donne la liste du personnel. (*Fifi apporte la*

liste. Il la prend. A Georges.) Voilà qui vous rafraîchira la mémoire. Vous n'aurez qu'à pointer.

> *Il met la liste sur son bureau et fait signe à Georges de s'asseoir. Georges s'assied devant le bureau. Long silence.*

BERGERAT

Alors ?

GEORGES, *malgré lui.*

Je ne suis pas une donneuse.

LERMINIER, *surpris.*

Plaît-il ?

GEORGES, *pris au piège.*

Je veux dire...

BERGERAT, *soupçonneux.*

Vous refusez de donner les noms ?

GEORGES, *se ressaisissant.*

Moi ? Vous aurez des noms par milliers. Mais vous êtes des enfants : pour démasquer une poignée d'ennemis, vous allez donner l'alarme à tous les autres. La situation est beaucoup plus grave que vous ne l'imaginez. Sachez qu'on a truqué le Monde, que vous avez vécu dans l'erreur et que, si le destin ne m'avait mis sur votre route, vous alliez mourir dans l'ignorance.

BERGERAT

Dans l'ignorance de quoi ?

GEORGES

Ah ! comment me faire comprendre ? Vos esprits ne sont pas préparés à recevoir la vérité et je ne puis tout vous découvrir en une fois. (*Brusquement.*) Considérez plutôt cette valise. (*Il prend la valise et la pose sur le bureau de Jules.*) Qu'a-t-elle de particulier ?

JULES

Rien.

GEORGES

Je vous demande pardon : elle a ceci de particulier qu'elle ressemble à toutes les autres valises.

NERCIAT

On jurerait qu'elle est faite en France.

GEORGES

Elle *n'est pas* faite en France. Mais vous pouvez vous procurer la pareille au Bazar de l'Hôtel de Ville pour la somme de trois mille cinq cents francs.

LERMINIER, *frappé.*

Oh!

BERGERAT

C'est très fort!

GEORGES

Est-il assez terrible, cet objet neutre et froid, *sans aucune marque distinctive* ? Il paraît si banal qu'il en devient suspect ; soustrait par son insignifiance aux enquêtes, aux fiches signalétiques, sa vue frappe d'horreur sur l'instant, mais on en oublie aussitôt la forme et jusqu'à la couleur. (*Un silence.*) Savez-vous ce qu'on y met ? Sept kilos de poudre radio-active. Dans chacune de vos grandes villes, un communiste s'est établi, avec une valise toute semblable à celle-ci. Tantôt c'est un marguillier, un inspecteur des Finances, un professeur de danse et de maintien — et tantôt c'est une vieille fille qui vit avec des chats ou des oiseaux. La valise reste au grenier, sous d'autres valises, au milieu des malles, des vieux poêles, des mannequins d'osier. Qui donc s'aviserait d'aller l'y chercher ? Mais, au jour dit, le même message chiffré sera délivré dans toutes les villes de France et toutes les valises seront ouvertes à la fois. Vous devinez le résultat : cent mille morts par jour.

TOUS, *terrorisés.*

Ha!

GEORGES

Voyez plutôt!

> *Il va pour ouvrir la valise.*

BERGERAT, *dans un cri.*

Ne l'ouvrez pas!

GEORGES

N'ayez crainte : elle est vide! (*Il l'ouvre.*) Approchez : regardez l'étiquette, observez les courroies, touchez les soufflets...

> *Les membres du Conseil s'approchent un à un et touchent la valise timidement.*

BERGERAT, *la touchant.*

C'est vrai! C'est pourtant vrai!

LERMINIER, *même jeu.*

Quel cauchemar!

CHARIVET

Les salauds!

NERCIAT

Les salauds! Les salauds! Les salauds!

BERGERAT

Ah! que je les hais!

LERMINIER

Nous n'allons tout de même pas crever comme des rats! Que faire?

GEORGES

Construire des appareils de détection : nous avons quelques mois encore. (*Un temps.*) M'avez-vous compris? Êtes-vous convaincus que la partie sera dure et qu'on

risque de tout compromettre en punissant des subalternes sans importance?

CHARIVET

Donnez-nous leurs noms tout de même.

LERMINIER

Nous vous promettons qu'ils ne seront pas inquiétés.

BERGERAT

Mais nous voulons savoir à qui nous avons affaire...

NERCIAT

Et regarder le danger en face.

GEORGES

Eh bien! soit. Mais vous suivrez mes instructions à
la lettre : je viens de trouver le moyen de les mettre
hors d'état de nuire.

BERGERAT

Quel moyen?

GEORGES

Augmentez-les. (*Rumeurs.*) Publiez partout que vous
êtes enchantés de leurs services et que vous leur ac-
cordez une augmentation substantielle.

BERGERAT

Vous croyez qu'on peut les corrompre?

GEORGES

Pour cela non. Mais vous les déconsidérerez aux yeux
de leurs chefs. Cette faveur inexplicable fera croire
qu'ils ont trahi.

LERMINIER

Vous en êtes sûr?

GEORGES

C'est l'évidence même. Du coup, vous n'aurez plus

à vous soucier d'eux : la main de Moscou se chargera
de les liquider.

> *Il va au bureau, s'assied et pointe sept noms
> sur la liste.*

NERCIAT

Non! Non, non et non! Je ne veux pas qu'on augmente ces salauds!

LERMINIER

Voyons, Nerciat!

BERGERAT

Puisqu'on vous dit que c'est pour mieux les perdre!

CHARIVET

Nous les embrassons pour les étouffer.

NERCIAT

Eh bien! faites ce que vous voudrez!

> *Georges se lève et tend la liste.*

JULES, *lisant.*

Samivel? Ce n'est pas possible!

BERGERAT

Mme Castagnié? Qui l'eût cru?

GEORGES, *les interrompant du geste.*

Ceci n'est rien. Je lèverai les voiles un à un et vous
verrez le monde comme il est. Quand vous vous méfie-
rez de votre fils, de votre femme, de votre père ; quand
vous irez vous regarder dans la glace en vous deman-
dant si vous n'êtes pas communiste à votre insu, vous
commencerez à entrevoir la vérité. (*Il s'assied au bureau
de Jules et les invite à s'asseoir.*) Prenez place, Messieurs,
et travaillons : nous n'avons pas trop de temps si nous
voulons sauver la France.

RIDEAU

CINQUIÈME TABLEAU

Décor : Un appartement au George-V. Le salon. Volets clos. Rideaux tirés. Trois portes : l'une à gauche donne sur la chambre à coucher, la seconde au fond, sur la salle de bains. La troisième à droite, sur une antichambre. D'énormes gerbes de fleurs entassées contre le mur. Surtout des roses.

SCÈNE I

Un garçon de courses entre, portant une gerbe de roses, suivi par deux gardes du corps qui lui appliquent leurs revolvers contre les reins. Il pose la corbeille et sort à reculons par la porte de droite, en levant les mains en l'air. La porte de gauche s'ouvre, et Georges paraît en robe de chambre. Il bâille.

SCÈNE II

GEORGES, LES DEUX GARDES DU CORPS.

GEORGES

Qu'est-ce que c'est?

PREMIER GARDE DU CORPS

Fleurs.

GEORGES, *bâillant, s'approche des fleurs.*

Encore des roses! Ouvrez la fenêtre.

PREMIER GARDE DU CORPS

Non.

GEORGES

Non?

PREMIER GARDE DU CORPS

Dangereux.

GEORGES

Tu ne sens donc pas que ces roses puent?

PREMIER GARDE DU CORPS

Non.

GEORGES

Tu as de la chance. (*Il prend l'enveloppe et l'ouvre.*)
« Avec l'admiration passionnée d'un groupe de femmes
françaises. » On m'admire, hein?

PREMIER GARDE DU CORPS

Oui.

GEORGES

On m'aime?

PREMIER GARDE DU CORPS

Oui.

GEORGES

Un peu, beaucoup, passionnément?

PREMIER GARDE DU CORPS

Passionnément.

GEORGES

Pour aimer si fort, il faut bougrement haïr.

PREMIER GARDE DU CORPS

Haïr qui?

GEORGES

Les autres. (*Il se penche sur les fleurs.*) Respirons le
parfum de la haine. (*Il respire.*) C'est puissant, vague
et croupi. (*Montrant les fleurs.*) Voilà le danger! (*Les
gardes sortent leurs revolvers et les braquent sur les fleurs.*)
Ne tirez pas : c'est l'hydre aux mille têtes. Mille petites

têtes rouges de colère, qui s'égosillent et jettent leur odeur comme un cri avant de mourir. Ces roses exhalent du poison.

DEUXIÈME GARDE DU CORPS

Poison?

PREMIER GARDE DU CORPS, *au second.*

Laboratoire de toxicologie. Gutenberg 66-21.

L'autre se dirige vers le téléphone.

GEORGES

Trop tard : tout est empoisonné ici puisque je travaille dans la haine.

PREMIER GARDE DU CORPS, *incompréhensif.*

La haine?

GEORGES

Ah! c'est une passion malodorante! Mais, si tu veux tirer les ficelles, il faut les prendre où elles sont, même dans la crotte. Je les ai toutes en main, c'est mon jour de gloire et vive la haine, puisque c'est à la haine que je dois ma puissance. Ne me regardez pas de cet œil-là : je suis poète ; êtes-vous chargés de me comprendre ou de me protéger?

PREMIER GARDE DU CORPS

Protéger.

GEORGES

Eh bien! protégez, protégez. Quelle heure est-il?

PREMIER GARDE DU CORPS, *coup d'œil à son bracelet-montre.*

Dix-sept heures trente.

GEORGES

Quel temps fait-il?

DEUXIÈME GARDE DU CORPS, *va consulter un baromètre près de la fenêtre.*

Beau fixe.

GEORGES

Température?

PREMIER GARDE DU CORPS, *va consulter un thermo-
mètre accroché au mur.*

Vingt degrés Réaumur.

GEORGES

Le bel après-midi de printemps! Ciel pur, le soleil
incendie les vitres; en vêtements clairs, une foule
tranquille monte et descend les Champs-Élysées, la
lumière du soir adoucit les visages. Eh bien! je suis
content de le savoir. (*Il bâille.*) Emploi du temps?

PREMIER GARDE DU CORPS, *consultant une liste.*

A 17 h 40, Sibilot pour vos mémoires.

GEORGES

Après?

PREMIER GARDE DU CORPS

A 18 h 30, une journaliste du *Figaro*.

GEORGES

Vous la fouillerez soigneusement. On ne sait jamais.
Après?

PREMIER GARDE DU CORPS

Soirée dansante.

GEORGES

Chez qui?

PREMIER GARDE DU CORPS

Chez Mme Bounoumi.

GEORGES

Elle donne une soirée, celle-là?

PREMIER GARDE DU CORPS

Pour fêter le désistement de son concurrent, Perdrière.

GEORGES

Je le fêterai : c'est mon œuvre. Disparaissez.

Ils sortent. Il referme la porte et bâille.

SCÈNE III

GEORGES *seul.*

GEORGES, *s'approche de la glace, se regarde, tire la langue.*

Sommeil trouble, langue chargée, manque d'appétit : trop de banquets officiels — et puis je ne sors plus guère. (*Il bâille.*) Un soupçon d'ennui : c'est normal ; on est toujours seul au faîte de la puissance. Petits hommes transparents, je vois vos cœurs et vous ne voyez pas le mien. (*Téléphone.*) Allô ? Lui-même. Un salaud ? Ah ! c'est vous, cher Monsieur, qui me tenez pour un salaud. C'est la trente-septième fois que vous avez la bonté de m'en informer. Veuillez croire désormais que je suis parfaitement renseigné sur vos sentiments et ne prenez plus la peine... Il a raccroché. (*Il marche.*) Un salaud, un traître au Parti, c'est vite dit. *Qui* est un salaud ? Pas moi, Georges de Valera, qui n'ai jamais été communiste et ne trahis personne. Pas Nekrassov, qui se soigne en Crimée sans penser à mal. Mon interlocuteur anonyme parle donc pour ne rien dire. (*Il va vers la glace.*) A moi donc mon enfance ! Oh ! le joli traîneau de bois peint. Mon père m'y assoit : en avant ! Clochettes, claquements de fouet, la neige...

Sibilot est entré depuis quelques instants.

SCÈNE IV

SIBILOT, GEORGES.

SIBILOT

Qu'est-ce que tu fais là ?

GEORGES

Mes gammes!

SIBILOT

Quelles gammes?

GEORGES

Je me mens!

SIBILOT

A toi aussi?

GEORGES

A moi d'abord. J'ai trop de penchant pour le cy-
nisme ; il est indispensable que je sois ma première
dupe. Sibilot, je meurs. Tu me surprends en pleine
agonie.

SIBILOT

Hein!

GEORGES

Je meurs Valera pour renaître Nekrassov.

SIBILOT

Tu n'es pas Nekrassov!

GEORGES

Je le suis de la tête aux pieds, de la maturité jusqu'à
l'enfance.

SIBILOT

De la tête aux pieds, tu es un misérable escroc qui
court au désastre et va m'y entraîner si je n'y mets bon
ordre!

GEORGES

Ho! Ho! (*Le regardant.*) Toi, tu nous mijotes un coup
de probité bête qui nous perdra. Eh bien, parle! Que
veux-tu faire?

SIBILOT

Nous dénoncer!

GEORGES

Imbécile! Tout allait si bien!

SIBILOT

J'ai pris ma résolution tout à l'heure et je viens te prévenir : demain matin, à onze heures, je me jette aux pieds de Jules et j'avoue tout : tu as dix-sept heures pour préparer ta fuite.

GEORGES

Es-tu fou? Perdrière se désiste, *Soir à Paris* a doublé son tirage, tu gagnes 210 000 francs par mois et tu veux te dénoncer?

SIBILOT

Oui!

GEORGES

Pense à moi, malheureux! J'ai le pouvoir suprême, je suis l'éminence grise du Pacte Atlantique, je tiens la guerre et la paix dans mes mains, j'écris l'histoire, Sibilot, j'écris l'histoire et c'est le moment que tu choisis pour me foutre des peaux de banane sous les pieds? Sais-tu que j'ai rêvé de cet instant toute ma vie? Profite donc de ma puissance : tu seras mon Faust. Veux-tu l'argent? La beauté? La jeunesse?

SIBILOT, *haussant les épaules.*

La jeunesse...

GEORGES

Pourquoi pas? C'est une question d'argent. (*Sibilot va pour sortir.*) Où vas-tu?

SIBILOT

Me dénoncer.

GEORGES

Tu te dénonceras, n'aie crainte, tu te dénonceras : mais rien ne presse : nous avons le temps de causer.

(*Il ramène Sibilot au milieu de la pièce.*) Tu es mort de
peur, mon ami. Qu'est-ce qu'il y a ?

SIBILOT

Il y a que Mouton aura ta peau et par conséquent la
mienne. Il s'est adjoint Demidoff, un vrai Kravchenko,
celui-là, authentifié par l'Agence Tass, et il te cherche.
S'ils te trouvent — et ils te trouveront forcément —
Demidoff dénoncera ton imposture : nous serons foutus.

GEORGES

N'est-ce que cela ? Qu'on me l'amène, ton Demidoff :
je me charge de lui. Je les prends tous : industriels et
banquiers, magistrats et ministres, colons américains,
réfugiés soviétiques : et je les fais danser. C'est tout ?

SIBILOT

Oh ! non. Il y a bien pis !

GEORGES

Tant mieux : je m'amuserai.

SIBILOT

Il y a que Nekrassov vient de faire une déclaration
à la radio.

GEORGES

Moi ? Je te jure que je n'en ai fait aucune.

SIBILOT

Il n'est pas question de toi ; j'ai dit Nekrassov.

GEORGES

Nekrassov, c'est moi.

SIBILOT

Je parle de celui de Crimée.

GEORGES

De quoi vas-tu te mêler ? Tu es Français, Sibilot :
balaye devant ta porte et ne t'occupe pas de ce qui se
passe en Crimée.

SIBILOT

Il prétend qu'il est guéri et qu'il regagnera Moscou
vers la fin de cette semaine.

GEORGES

Après?

SIBILOT

Après? Nous sommes foutus!

GEORGES

Foutus? Parce qu'un bolchevik a débité des sornettes
au micro? Toi, Sibilot, toi, le champion de l'anti-com-
munisme, tu fais confiance à ces gens-là? Tiens : tu me
déçois.

SIBILOT

Tu seras moins déçu, vendredi, quand tous les am-
bassadeurs et les journalistes étrangers, conviés à
l'Opéra de Moscou, verront Nekrassov, en personne,
dans la loge du gouvernement!

GEORGES

Ah! parce que, vendredi...

SIBILOT

Oui!

GEORGES

C'est annoncé?

SIBILOT

Oui!

GEORGES

Eh bien! ils auront vu mon sosie. Car j'ai un sosie,
là-bas, comme les autres ministres. Nous craignons si
fort les attentats que nous nous faisons remplacer dans
les cérémonies officielles. Tiens, note donc cela : c'est à
publier demain. Attends : il faut apporter la petite
touche de vérité amusante, inventer l'anecdote qu'on

n'invente pas. Voici : mon sosie me ressemblait si fort
qu'on ne pouvait nous distinguer l'un de l'autre à dix
pas. Malheureusement, quand on me l'amena, je m'aper-
çus qu'il avait un œil de verre. Juge de mon embarras !
J'ai dû répandre le bruit qu'un mal inguérissable me
rongeait l'œil droit : voilà l'origine de cette patte. Tu
titreras : « Parce que son sosie était borgne, Nekrassov
porte un bandeau sur l'œil. » As-tu noté ?

SIBILOT

A quoi bon ?

GEORGES, avec autorité.

Note ! (*Sibilot hausse les épaules, tire son crayon et
prend quelques notes.*) Tu concluras par ce défi : quand
le prétendu Nekrassov entrera dans la loge du gouvernement, qu'il ôte son bandeau, s'il l'ose. J'ôterai le
mien à la même heure devant des oculistes et des méde-
cins : ils verront tous que j'ai deux yeux en bon état.
Quant à l'autre, s'il n'a qu'un œil, nous tenons la preuve
irréfutable que cet homme n'est pas moi. Écris-tu ?

SIBILOT

J'écris mais cela ne servira pas.

GEORGES

Parce que ?

SIBILOT

Parce que je veux me dénoncer ! Je suis honnête,
comprends-tu, honnête ! honnête ! honnête !

GEORGES

Qui est-ce qui t'a dit le contraire ?

SIBILOT

Moi ! Moi ! Moi !

GEORGES

Toi ?

SIBILOT

Moi qui me répète cent fois par jour que je suis un malhonnête homme! Je mens, Georges ; je mens comme je respire. Je mens à mes lecteurs, à ma propre fille, à mon patron!

GEORGES

Tu ne mentais donc pas avant de me connaître?

SIBILOT

Même si je mentais, j'avais l'approbation de mes supérieurs. Je faisais des mensonges contrôlés, estampillés, des mensonges de grande information, des mensonges d'intérêt public.

GEORGES

Et tes mensonges présents, ils ne sont plus d'intérêt public? Ce sont les mêmes, voyons!

SIBILOT

Les mêmes, oui : mais je les fais sans la garantie du gouvernement. Il n'y a que moi sur terre à savoir qui tu es ; c'est ce qui m'étouffe : mon crime n'est pas de mentir, mais de mentir tout seul.

GEORGES

Eh bien va! Qu'attends-tu? Cours te dénoncer! (*Sibilot fait un pas.*) Une simple question, une seule, et je te rends la liberté. Que vas-tu dire à Jules?

SIBILOT

Tout!

GEORGES

Tout quoi?

SIBILOT

Tu le sais bien!

GEORGES

Ma foi non.

SIBILOT

Eh bien! je lui dirai que j'ai menti et que tu n'es pas *vraiment* Nekrassov.

GEORGES

Comprends pas.

SIBILOT

C'est pourtant clair.

GEORGES

Que veut dire ce *vraiment*? (*Sibilot hausse les épaules.*) Es-tu *vraiment* Sibilot?

SIBILOT

Oui, je suis Sibilot, oui, je suis ce père de famille infortuné que tu as corrompu, misérable, et qui est en train de souiller ses cheveux blancs.

GEORGES

Prouve-le.

SIBILOT

J'ai des papiers.

GEORGES

Moi aussi, j'en ai.

SIBILOT

Les miens sont vrais.

GEORGES

Les miens aussi. Veux-tu voir le permis de séjour que la Préfecture de police m'a délivré?

SIBILOT

Il ne vaut rien.

GEORGES

Pourquoi, s'il te plaît?

SIBILOT

Parce que tu n'es pas Nekrassov.

GEORGES

Et tes papiers, à toi, sont valables?

SIBILOT

Oui.

GEORGES

Pourquoi?

SIBILOT

Parce que je suis Sibilot.

GEORGES

Tu vois : ce ne sont pas les papiers qui prouvent l'identité.

SIBILOT

Eh bien! non : ce ne sont pas les papiers.

GEORGES

Alors? Prouve-moi que tu es Sibilot.

SIBILOT

Tout le monde te le dira.

GEORGES

Tout le monde, c'est combien de personnes?

SIBILOT

Cent, deux cents, je ne sais pas moi, mille...

GEORGES

Mille personnes te prennent pour Sibilot, tu voudrais que je les croie sur parole et tu récuses le témoignage de deux millions de lecteurs qui me tiennent pour Nekrassov?

SIBILOT

Ce n'est pas la même...

GEORGES

Prétends-tu imposer silence à l'immense rumeur qui fait de moi le héros de la liberté, le champion de l'Occident ? Opposes-tu ta misérable conviction individuelle à la foi collective qui galvanise les bons citoyens ? C'est toi, dont l'identité n'est même pas établie, c'est toi qui vas étourdiment pousser deux millions d'hommes au désespoir. Courage : ruine ton patron ! Fais mieux encore : provoque la chute du ministère. J'en sais qui riront d'aise.

SIBILOT

Qui donc ?

GEORGES

Les communistes, parbleu ! Travaillerais-tu pour eux ?

SIBILOT, *inquiet.*

Voyons, Georges !

GEORGES

Ah ! tu ne serais pas le premier qu'ils auraient payé pour démoraliser l'opinion !

SIBILOT

Je te jure...

GEORGES

Comment veux-tu que je te croie, toi qui viens de me confesser ta malhonnêteté profonde ?

SIBILOT, *s'affolant.*

Il faut me croire : je suis un honnête homme malhonnête, mais je ne suis pas un malhonnête homme !

GEORGES

Admettons. Mais alors... Mais alors... Ho ! Ho ! Que t'arrive-t-il ? Mon malheureux ami, pourrai-je te tirer d'affaire ?

SIBILOT

Qu'y a-t-il encore ?

GEORGES

Comment te faire comprendre ? Tiens : mets d'un côté quarante millions de Français, nos contemporains, assurés de vivre au beau milieu du xxe siècle et, de l'autre côté, un individu, un seul, qui s'obstine à déclarer qu'il est l'empereur Charles-Quint. Comment l'appelles-tu, cet homme-là ?

SIBILOT

Un fou.

GEORGES

Et voilà justement ce que tu es, toi qui prétends nier des vérités fondées sur le consentement universel.

SIBILOT

Georges !

GEORGES

Sais-tu ce qu'il va te faire, Jules, quand il verra son plus vieil employé se jeter à ses genoux et le supplier d'enterrer son journal de ses propres mains ?

SIBILOT

Il va me chasser !

GEORGES

Lui ? Pas du tout ! Il va te faire enfermer !

SIBILOT, *atterré.*

Oh !

GEORGES

Tiens ; lis ce télégramme : il est de MacCarthy qui me propose un engagement de témoin à charge permanent. Voici les félicitations de Franco, celles de la Fruit Company, un mot cordial d'Adenauer, une lettre autographe du sénateur Borgeaud. A New York, mes révélations ont fait monter les cours de la Bourse ; partout, c'est le boom sur les industries de guerre. De gros intérêts sont en jeu ; Nekrassov, ce n'est plus seulement moi : c'est un nom générique pour les dividendes que touchent les actionnaires des fabriques d'armement. Voilà l'objectivité, mon vieux, voilà la réalité! Que peux-tu contre cela? Tu as mis la machine en marche : c'est vrai. Mais elle te broiera si tu essayes de l'arrêter. Au revoir, mon pauvre ami. Je t'aimais. (*Sibilot ne bouge pas.*) Qu'attends-tu?

SIBILOT, *d'une voix étranglée.*

Peut-on me guérir?

GEORGES

De ta folie?

SIBILOT

Oui.

GEORGES

Je crains qu'il ne soit trop tard.

SIBILOT

Mais si tu me soignais, Georges? Si tu voulais bien me soigner?

GEORGES

Eh! je ne suis pas psychiatre. (*Un temps.*) Il est vrai qu'il s'agit plutôt d'une rééducation. Souhaites-tu que je te rééduque?

SIBILOT

S'il te plaît!

GEORGES

Commençons! Prends l'attitude d'honnêteté.

SIBILOT

Je ne sais pas la prendre!

GEORGES

Enfonce-toi profondément dans ce fauteuil. Pose les pieds sur le pouf. Mets cette rose à ta boutonnière. Prends ce cigare.

Il présente un miroir à Sibilot.

SIBILOT, *se regardant.*

Eh!

GEORGES

Te sens-tu plus honnête, à présent?

SIBILOT

Peut-être un peu plus.

GEORGES

Bien. Laisse de côté tes certitudes personnelles et dis-toi bien qu'elles sont fausses puisque personne ne les partage. Elles t'exilaient. Rejoins le troupeau ; rappelle-toi que tu es un bon Français. Regarde-moi avec les yeux innombrables des Français qui nous lisent. Qui vois-tu?

SIBILOT

Nekrassov!

GEORGES

A présent, je sors et je rentre. Mets-toi en état de sincérité. De sincérité collective, bien entendu. Quand je pousserai la porte, tu me diras : « Bonjour Nikita... »

Il sort. Sibilot s'installe, boit et fume. Georges rentre.

SIBILOT

Bonjour, Nikita.

GEORGES

Bonjour, Sibilot.

SIBILOT

L'ai-je bien dit?

GEORGES

Pas trop mal. (*Il fait le tour du fauteuil de Sibilot, se penche brusquement sur lui et lui met les mains sur les yeux.*) Coucou!

SIBILOT

Laisse-moi tranquille... Nikita!

GEORGES

De mieux en mieux. Lève-toi.

> *Sibilot se lève, le dos tourné à Georges. Georges le chatouille.*

SIBILOT, *se tordant et riant malgré lui.*

Finis donc!... Nikita!

GEORGES

Tu guériras! (*Un temps.*) Assez pour aujourd'hui : travaillons! Chapitre VIII : Entrevue tragique avec Staline.

SIBILOT, *notant.*

Entrevue tragique avec Staline.

> *Sonnerie de téléphone.*

GEORGES, *décrochant.*

Allô, oui? Mme Castagnié? Attendez. (*A Sibilot.*) C'est un nom qui me dit quelque chose.

SIBILOT

C'est une dactylo de *Soir à Paris.*

GEORGES

Ah! une des sept qu'ils voulaient foutre à la porte et que j'ai fait augmenter? Qu'est-ce qu'elle me veut?

SIBILOT

C'est Jules qui l'aura envoyée!

GEORGES, *à l'appareil.*

Qu'elle monte. (*Revenant à Sibilot après avoir raccroché.*) Entrevue tragique avec Staline. En sous-titre : « Je m'échappe du Kremlin en chaise à porteurs. »

SIBILOT

Nikita! Est-ce possible?

GEORGES

Rien de plus naturel. On me poursuit. Je me réfugie dans une salle du musée, encombrée de carrosses. Dans un coin, une chaise à porteurs...

UN GARDE DU CORPS

Mme Castagnié.

GEORGES

Qu'elle entre. Et surtout ne l'effrayez pas avec vos revolvers.

SCÈNE V

GEORGES, SIBILOT, MADAME CASTAGNIÉ.

SIBILOT, *allant à elle.*

Bonjour, Madame Castagnié.

MADAME CASTAGNIÉ

Bonjour, Monsieur Sibilot. Je ne croyais pas vous trouver là. (*Désignant Georges.*) Nekrassov, c'est lui?

SIBILOT

C'est lui. C'est notre Nikita.

GEORGES

Mes hommages, Madame.

MADAME CASTAGNIÉ

Je voudrais savoir pourquoi vous n'avez fait renvoyer.

GEORGES

Hein?

SIBILOT

On vous a renvoyée?

13

MADAME CASTAGNIÉ, *à Georges.*

Vous le savez très bien, Monsieur! Ne faites pas l'étonné.

GEORGES

Je vous jure que...

MADAME CASTAGNIÉ

M. Palotin m'a convoquée tout à l'heure. Ces Messieurs du Conseil étaient là, ils n'avaient pas l'air bon.

GEORGES

Et alors?

MADAME CASTAGNIÉ

Alors? Eh bien! ils m'ont renvoyée.

GEORGES

Mais pourquoi? Pour quel motif?

MADAME CASTAGNIÉ

Quand j'ai voulu le savoir, j'ai cru qu'ils allaient me sauter dessus. Ils étaient tous à me crier dans la figure : « Demandez à Nekrassov! Nekrassov vous le dira! »

GEORGES

Les salauds! Les salauds!

MADAME CASTAGNIÉ

Je ne voudrais pas vous vexer, mais, si vous leur avez fait de mauvais rapports sur moi, vous êtes encore plus salaud qu'eux.

GEORGES

Mais je n'ai rien dit! Je n'ai rien fait! Je ne vous connais même pas.

MADAME CASTAGNIÉ

Ils m'ont dit de m'adresser à vous : c'est donc que vous savez quelque chose.

GEORGES

Enfin, Madame, m'avez-vous jamais vu avant aujourd'hui?

MADAME CASTAGNIÉ

Jamais.

GEORGES

Vous voyez bien!

MADAME CASTAGNIÉ

Qu'est-ce que cela prouve? Vous vouliez peut-être ma place.

GEORGES

Qu'est-ce que j'en ferais? C'est une plaisanterie, Madame, une plaisanterie de mauvais goût.

MADAME CASTAGNIÉ

Je suis veuve avec une fille malade : si je perds mon emploi, nous sommes à la rue : il n'y a pas de quoi plaisanter.

GEORGES

Vous avez raison. (*A Sibilot.*) Les salauds!

MADAME CASTAGNIÉ

Qu'est-ce que vous avez contre moi?

GEORGES

Mais rien! Au contraire, Sibilot m'est témoin que j'ai voulu vous faire augmenter.

MADAME CASTAGNIÉ

Me faire augmenter?

GEORGES

Oui.

MADAME CASTAGNIÉ

Menteur! Vous disiez tout à l'heure que vous ne me connaissiez pas!

GEORGES

Je vous connaissais un peu. Je savais quels loyaux
services vous rendiez depuis plus de vingt ans...

MADAME CASTAGNIÉ

Il y a cinq ans que je suis dans la boîte.

GEORGES

Je vais tout vous avouer. D'importantes raisons
politiques...

MADAME CASTAGNIÉ

La politique, je ne m'en suis jamais mêlée. Et mon
pauvre mari ne voulait pas en entendre parler. Je n'ai
pas d'instruction, Monsieur, mais je ne suis pas tout à
fait idiote, et je ne coupe pas dans vos boniments.

GEORGES, *décrochant le téléphone.*

Donnez-moi *Soir à Paris*. (*A Mme Castagnié.*) C'est
un malentendu! Un simple malentendu! (*A l'appareil.*) Allô, *Soir à Paris*? Je voudrais parler au Directeur. Oui. De la part de Nekrassov. (*A Mme Castagnié.*)
On vous rendra votre emploi; je m'en porte garant.
Avec des excuses.

MADAME CASTAGNIÉ

Je n'ai pas besoin d'excuses. Je veux qu'on me rende
mon emploi.

GEORGES

Allô? Il n'est pas dans son bureau? Mais il est dans
la maison? Où? Bon. Dites-lui qu'il m'appelle d'urgence,
dès qu'il reviendra. (*Il raccroche.*) Tout va s'arranger,
Madame, tout va s'arranger. En attendant, voulez-vous
me permettre...

            La main au portefeuille.

MADAME CASTAGNIÉ

Je ne veux pas qu'on me fasse la charité.

GEORGES

A quoi pensez-vous? Pas de charité, bien sûr. Mais un don amical...

MADAME CASTAGNIÉ

Vous n'êtes pas mon ami.

GEORGES

Aujourd'hui, non. Mais je le serai quand vous aurez repris votre emploi. Vous verrez! Vous verrez! (*Brusquement saisi.*) Oh! (*Un temps.*) Et les autres?

MADAME CASTAGNIÉ

Et les autres?

GEORGES

Savez-vous s'ils en ont renvoyé d'autres?

MADAME CASTAGNIÉ

On le disait.

GEORGES

Qui? Combien?

MADAME CASTAGNIÉ

Je ne sais pas. On m'a donné mon congé, j'ai pris mes affaires et je suis partie.

GEORGES, *à Sibilot.*

Tu verras qu'ils les auront renvoyés! Les putois! Les chacals! Les bousiers! Je croyais leur avoir fait peur. Eh bien! mon vieux Sibilot, profite de la leçon : la peur est moins forte que la haine. (*Il prend son chapeau.*) Il faut que cette comédie cesse. Venez avec nous, Madame. M'attaquer aux pauvres, moi? Ce serait la première fois de ma vie. Je vais prendre Jules à la gorge.

Il a ouvert la porte. Un garde du corps paraît.

LE GARDE DU CORPS

Non.

GEORGES

Comment non? Je veux sortir!

LE GARDE DU CORPS

Impossible. Danger!

GEORGES

Eh bien! vous nous accompagnerez.

LE GARDE DU CORPS

Défendu.

GEORGES

Et si je veux passer tout de même?

LE GARDE DU CORPS, *bref ricanement.*

Ha!

GEORGES

Va-t'en! Je ne sortirai pas. (*A Sibilot.*) Va trouver
Jules avec Madame, et dis-lui que je ne rigole plus : si
le personnel congédié n'est pas réintégré dans les vingt-
quatre heures, je donne la suite de mes mémoires au
Figaro. Va. Madame, il se peut que je vous aie fait du
tort, mais c'était contre ma volonté et je vous jure qu'on
vous dédommagera. (*Sibilot et Mme Castagnié sortent.*)
Tu ne me dis pas au revoir, Sibilot?

SIBILOT

Au revoir.

GEORGES

Au revoir qui?

SIBILOT

Au revoir, Nikita.

GEORGES

Dès que tu auras vu Jules, téléphone-moi.

GEORGES, *seul.*

Renvoyés... (*Il se met à marcher.*) Ah! ce n'est pas
ma faute! La haine est une passion que je n'éprouve

pas moi-même : je suis obligé de manier des forces
terribles et que je connais imparfaitement. Je m'adap-
terai, je... Renvoyés!... Ils n'avaient que leur salaire
pour vivre — peut-être vingt mille francs d'écono-
mies... Je les couvrirai d'or, le Conseil d'Administration
les attendra devant la porte, avec des roses, des bras-
sées de roses...

SCÈNE VI

GEORGES, LE GARDE DU CORPS.

UN GARDE DU CORPS, *entrant.*

La journaliste du *Figaro.*

GEORGES

Qu'elle entre? Attendez : est-elle jolie?

LE GARDE DU CORPS

Ça peut aller.

> *Georges va à la glace, met sa patte noire, se
> contemple un moment, l'ôte et la met dans sa
> poche.*

GEORGES

Introduisez-la.

Entre Véronique.

SCÈNE VII

GEORGES, VÉRONIQUE.

GEORGES, *apercevant Véronique.*

Ha!

Il met les mains en l'air.

VÉRONIQUE

Je vois que vous me reconnaissez.

GEORGES, *baissant les mains.*

Oui. Vous êtes au *Figaro*, à présent?

VÉRONIQUE

Oui.

GEORGES

Je vous croyais communisante.

VÉRONIQUE

On change. Où est Nekrassov?

GEORGES

Il... Il est sorti.

VÉRONIQUE

Je l'attendrai. (*Elle s'assied.*) Vous l'attendez aussi?

GEORGES

Moi? Non.

VÉRONIQUE

Qu'est-ce que vous faites ici?

GEORGES

Oh! vous savez, moi, je ne fais jamais grand-chose. (*Un temps. Il se lève.*) Je commence à croire que Nekrassov ne rentrera pas de la soirée. Vous feriez mieux de revenir demain.

VÉRONIQUE

D'accord. (*Georges paraît soulagé. Elle tire un bloc-notes de son sac.*) Mais, pendant que je vous tiens, vous allez me dire ce que vous savez de lui.

GEORGES

Je ne sais rien du tout.

VÉRONIQUE

Allons donc! Pour que ses gardes du corps vous laissent occuper son salon en son absence, il faut que vous soyez de ses intimes!

GEORGES, *déconcerté.*

De ses intimes ? Évidemment, c'est... c'est logique.
(*Un temps.*) Je suis son cousin.

VÉRONIQUE

Ah! Ah!

GEORGES

La sœur de ma mère est restée en Russie : Nekrassov
est son fils. L'autre matin, je trouve un journal sur un
banc, je le ramasse, j'apprends que mon cousin vient
d'arriver...

VÉRONIQUE

Vous parvenez à le joindre, vous lui parlez de la
famille : il vous ouvre les bras...

GEORGES

Et me prend pour secrétaire.

VÉRONIQUE

Secrétaire ? Pouah!

GEORGES

Attendez! Je suis son secrétaire pour rire : avant
quinze jours, je décampe avec le magot.

VÉRONIQUE

En attendant, vous l'aidez dans ses sales besognes!

GEORGES

Sales besognes ? Dis donc, la môme, tu n'es pas au
Figaro!

VÉRONIQUE

Moi ? Bien sûr que non!

GEORGES

Tu as encore menti ?

VÉRONIQUE

Oui.

GEORGES

C'est ton journal progressiste qui t'envoie?

VÉRONIQUE

Non. Je suis venue de moi-même. (*Un silence.*)
Alors? Parlez-moi de lui. Que fait-il quand vous êtes
ensemble?

GEORGES

Il boit.

VÉRONIQUE

Que dit-il?

GEORGES

Il se tait.

VÉRONIQUE

C'est tout?

GEORGES

C'est tout.

VÉRONIQUE

Il ne parle jamais de sa femme? De ses trois fils, qu'il
a laissés là-bas?

GEORGES

Fiche-moi la paix! (*Un temps.*) Il m'a donné sa confiance et je ne veux pas le trahir.

VÉRONIQUE

Vous ne voulez pas le trahir et vous allez l'escroquer.

GEORGES

Je vais l'escroquer, mais cela n'empêche pas les sentiments. J'ai toujours eu de la sympathie pour mes victimes; c'est le métier qui l'exige : comment escroquer
sans plaire et comment plairais-je si l'on ne me plaisait
pas? Toutes mes affaires ont débuté par un coup de
foudre réciproque.

VÉRONIQUE

Vous avez eu le coup de foudre pour Nekrassov?

GEORGES

Oh! un très petit coup de foudre. Une étincelle.

VÉRONIQUE

Pour cette ordure?

GEORGES

Je t'interdis...

VÉRONIQUE

Vous le défendez?

GEORGES

Je ne le défends pas. C'est le mot qui me choque dans ta bouche.

VÉRONIQUE

Ce n'est pas une ordure?

GEORGES

Peut-être bien que si. Mais tu n'as pas le droit de condamner un homme que tu ne connais même pas.

VÉRONIQUE

Je le connais fort bien.

GEORGES

Tu le connais?

VÉRONIQUE, *doucement.*

Voyons! puisque c'est toi.

GEORGES, *répétant sans comprendre.*

Ah! oui : puisque c'est moi. (*Sautant sur ses pieds.*) Ce n'est pas moi! Ce n'est pas moi! Ce n'est pas moi! (*Elle le regarde en souriant.*) Où as-tu pris cela?

VÉRONIQUE

Mon père...

GEORGES

Il te l'a dit ?

VÉRONIQUE

Non.

GEORGES

Alors ?

VÉRONIQUE

Comme tous les spécialistes du mensonge public, il
ment très mal dans le privé.

GEORGES

Ton père est gâteux ! (*Il marche à travers la pièce.*)
Allons ! je veux te faire plaisir et supposer un instant
que je sois Nekrassov.

VÉRONIQUE

Merci.

GEORGES

Que ferais-tu, si je l'étais ? Tu me donnerais aux
poulets ?

VÉRONIQUE

Est-ce que je t'ai donné, l'autre nuit ?

GEORGES

Publierais-tu mon vrai nom dans ton canard ?

VÉRONIQUE

Pour l'instant, ce serait une maladresse : nous man-
quons de preuves et l'on ne nous croirait pas.

GEORGES, *rassuré.*

En somme, j'ai réduit mes adversaires à l'impuissance ?

VÉRONIQUE

Pour l'instant, oui, nous sommes impuissants.

GEORGES, *riant.*

Gauche, droite, centre : je vous ai tous dans ma main. Tu dois mourir de rage, la belle enfant! Confidence pour confidence : Nekrassov, c'est bien moi. Te rappelles-tu le clochard misérable que tu as reçu dans ta chambre? Quel chemin j'ai fait, depuis! Quel bond vertigineux! (*Il s'arrête et la regarde.*) Au fait, que viens-tu faire ici?

VÉRONIQUE

Je suis venue te dire que tu es une ordure.

GEORGES

Laisse les grands mots, je suis blindé : tous les matins *L'Humanité* me traite de rat visqueux.

VÉRONIQUE

C'est un tort.

GEORGES

J'aime te l'entendre dire.

VÉRONIQUE

Tu n'es pas un rat visqueux : tu es une ordure.

GEORGES

Ah! tu m'agaces! (*Il fait quelques pas et revient sur Véronique.*) Un grand fonctionnaire soviétique qui viendrait à Paris tout exprès pour donner des armes aux ennemis de son peuple et de son parti, je t'accorde que ce serait une ordure et même — je vais plus loin que toi — un fumier. Mais je n'ai jamais été ministre, moi, ni membre du P. C., j'avais six mois quand j'ai quitté l'U. R. S. S. et mon père était russe blanc : je ne dois rien à personne. Quand tu m'as connu, j'étais un escroc génial et solitaire, le fils de mes œuvres. Eh bien! je le suis toujours : hier je vendais de faux immeubles et de faux titres ; aujourd'hui, je vends de faux tuyaux sur la Russie. Où est la différence ? (*Elle ne répond pas.*) Enfin, tu n'aimes par particulièrement les riches : est-ce un si grand crime de les duper ?

VÉRONIQUE

Tu crois vraiment duper les riches ?

GEORGES

Qui paye mes notes de tailleurs et d'hôtel ? Qui a payé ma Jaguar ?

VÉRONIQUE

Pourquoi payent-ils ?

GEORGES

Parce que je leur vends mes salades.

VÉRONIQUE

Pourquoi te les achètent-ils ?

GEORGES

Parce que... Ma foi, cela les regarde. Je n'en sais rien.

VÉRONIQUE

Ils te les achètent pour les refiler aux pauvres.

GEORGES

Aux pauvres ? Qui est-ce qui pense aux pauvres ?

VÉRONIQUE

Les lecteurs de *Soir à Paris*, les prends-tu pour des millionnaires ? (*Tirant un journal de son sac.*) « Nekrassov déclare : l'ouvrier russe est le plus malheureux de la terre. » Tu as dit cela ?

GEORGES

Oui. Hier.

VÉRONIQUE

Pour qui l'as-tu dit ? Pour les pauvres ou pour les riches ?

GEORGES

Est-ce que je sais? Pour tout le monde! Pour personne. C'est une plaisanterie sans conséquence.

VÉRONIQUE

Ici, oui. Au milieu des roses. De toute façon, personne au *George-V* n'a jamais vu d'ouvriers. Mais sais-tu ce que cela veut dire à Billancourt?

GEORGES

Je...

VÉRONIQUE

« Touchez pas au capitalisme ou vous tomberez dans la barbarie. Le monde bourgeois a ses défauts, mais c'est le meilleur des mondes possibles. Misère pour misère, tâchez de faire bon ménage avec la vôtre; soyez convaincus que vous n'en verrez jamais la fin et remerciez le ciel de ne pas vous avoir fait naître en U. R. S. S. »

GEORGES

Ne me dis pas qu'ils y croient : ils ne sont pas si bêtes.

VÉRONIQUE

Heureusement : sinon ils n'auraient plus qu'à se saouler à mort ou à ouvrir le gaz. Mais, quand il ne s'en trouverait qu'un sur mille pour avaler tes boniments, tu serais déjà un assassin. On t'a bien eu, mon pauvre Georges!

GEORGES

Moi?

VÉRONIQUE

Parbleu : tu croyais voler l'argent des riches, mais tu le gagnes. Avec quelle hauteur, l'autre nuit, tu as refusé l'emploi que je te proposais : « Moi, travailler! » Eh bien! tu as des employeurs, à présent, et qui te font travailler dur.

GEORGES

Ce n'est pas vrai!

VÉRONIQUE

Allons, allons, tu sais très bien qu'on te paye pour désespérer les pauvres.

GEORGES

Écoute...

VÉRONIQUE, *enchaînant.*

Tu étais escroc dans l'innocence, sans méchanceté, à moitié faisan, à moitié poète. Sais-tu ce qu'ils ont fait de toi? Un travailleur de la merde. Si tu ne veux pas te mépriser, il faudra que tu deviennes méchant.

GEORGES, *entre ses dents.*

Les salauds!

VÉRONIQUE

Qui est-ce qui tire les ficelles, cette fois-ci?

GEORGES

Les ficelles?

VÉRONIQUE

Oui.

GEORGES

Eh bien... (*Se ressaisissant.*) C'est moi. Toujours moi.

VÉRONIQUE

Donc tu as l'intention formelle de désespérer les pauvres?

GEORGES

Non.

VÉRONIQUE

Alors, c'est qu'on te manœuvre?

GEORGES

Personne ne peut me manœuvrer : personne au monde.

VÉRONIQUE

Il faut tout de même choisir : tu es dupe ou criminel.

GEORGES

Le choix sera vite fait : vive le crime!

VÉRONIQUE

Georges!

GEORGES

Je désespère les pauvres ? Et après ? Chacun pour soi :
ils n'ont qu'à se défendre! Je calomnie l'U. R. S. S. ?
C'est exprès : je veux détruire le communisme en Occident. Quant à tes ouvriers, qu'ils soient de Billancourt
ou de Moscou, je les...

VÉRONIQUE

Tu vois, Georges ; tu vois que tu commences à
devenir méchant.

GEORGES

Bon ou méchant, je m'en moque. Le Bien et le Mal,
je prends tout sur moi : je suis responsable de tout.

VÉRONIQUE, *lui montrant un article de* Soir à Paris.

Même de cet article?

GEORGES

Bien entendu. De quoi s'agit-il ? (*Il lit.*) « M. Nekrassov
déclare qu'il connaît parfaitement Robert Duval et
Charles Maistre. » Je n'ai jamais rien dit de pareil.

VÉRONIQUE

Je m'en doutais : c'est même pour cela que je suis
venue te voir.

GEORGES

Robert Duval? Charles Maistre? Jamais entendu
ces noms-là.

14

VÉRONIQUE

Ce sont des journalistes de chez nous. Ils ont écrit
contre le réarmement de l'Allemagne.

GEORGES

Après ?

VÉRONIQUE

On veut te faire dire que l'U. R. S. S. les a payés.

GEORGES

Et si je le dis ?

VÉRONIQUE

Ils sont déférés devant un tribunal militaire pour
trahison.

GEORGES

Sois tranquille. On ne m'arrachera pas un mot. Tu
me crois ?

VÉRONIQUE

Je te crois. Mais prends garde : on ne se contente plus
de tes mensonges ; on commence à t'en attribuer que tu
n'as jamais faits.

GEORGES

Tu parles de cet entrefilet ? C'est un subalterne qui
aura fait du zèle ; je lui ferai laver la tête. Je vois Jules
tout à l'heure et je lui ordonnerai de publier un démenti.

VÉRONIQUE, *sans conviction.*

Fais ce que tu peux.

GEORGES

C'est tout ce que tu as à me dire ?

VÉRONIQUE

C'est tout.

GEORGES

Bonsoir.

VÉRONIQUE

Bonsoir. (*La main sur le loquet de la porte.*) Je te
souhaite de ne pas devenir trop méchant.

Elle sort.

SCÈNE VIII

GEORGES, *seul.*

Cette petite n'entend rien à la politique. Une pri-
maire : voilà ce que c'est. (*S'adressant à la porte.*)
Croyais-tu que je tomberais dans tes pièges ? Je fais toujours le contraire de ce qu'on attend de moi (*Il traverse
la pièce et va chercher son smoking.*) Désespérons Billancourt! Je trouverai des slogans terribles! (*Il va
chercher une chemise et un col. Il chantonne.*) Désespérons
Billancourt! Désespérons Billancourt! (*Sonnerie de téléphone. Il décroche l'appareil.*) C'est toi, Sibilot?...
Alors?... Hein?... Voyons! Ce n'est pas possible... Tu
as vu Jules en personne?... Tu lui as dit que j'exi-
geais?... Imbécile! Tu n'auras pas su lui parler! Tu
trembles devant lui : il fallait l'intimider. Il va chez la
mère Bounoumi, ce soir? Bon : c'est moi qui lui parlerai.
(*Il raccroche.*) On me refuse quelque chose, *à moi*?
(*Il se laisse tomber dans un fauteuil. Bref accablement.*)
J'en ai plein mes bottes de la politique! Plein mes
bottes! (*Il se relève brusquement.*) On me cherche! On
me cherche! Eh bien! j'ai le sentiment qu'on va me
trouver! L'épreuve de force, je l'accepte. Je suis même
très content : c'est l'occasion d'asseoir mon autorité.
(*Riant.*) Je les ferai rentrer sous terre. (*Téléphone. Il
décroche.*) Allô! C'est encore toi... Pardon, mais qui
êtes-vous? Ah! parfait! Justement, j'étais en train de
penser à vous. Un salaud? Mais parfaitement, cher
Monsieur, le dernier des salauds. Je dis mieux : une
ordure. Je fais renvoyer des employés subalternes, je
livre des journalistes aux poulets, je désespère les
pauvres et ce n'est qu'un commencement. Mes pro-
chaines révélations provoqueront des suicides en chaîne.
Vous, bien sûr, vous êtes un honnête homme. Je vois

ça d'ici : vos habits sont fatigués, vous prenez le métro quatre fois par jour, vous sentez le pauvre. C'est que le mérite n'est pas récompensé! Moi, j'ai l'argent, la gloire et les femmes. Si vous me rencontrez dans ma Jaguar, garez-vous : je fais exprès de raser les trottoirs pour éclabousser les honnêtes gens. (*Il raccroche.*) Cette fois, c'est moi qui ai raccroché le premier. (*Il rit.*) Elle a raison, la môme, et je vais devenir méchant. (*Donnant des coups de pied dans les corbeilles de roses qu'il renverse une à une.*) Méchant! Méchant! Très méchant!

RIDEAU

SIXIÈME TABLEAU

Décor : Un petit salon attenant à un grand salon et servant de buffet. A gauche, une fenêtre entr'ouverte sur la nuit. Au fond, une porte ouverte à deux battants sur le grand salon. Entre la fenêtre et la porte, on a disposé de grandes tables couvertes de nappes blanches. Assiettes de petits fours et de sandwiches. Par la porte du fond, on voit passer des invités : il y a foule dans le grand salon. Les uns passent devant la porte du petit salon sans entrer, d'autres entrent et vont se servir au buffet. A droite, une porte close. Quelques meubles. Fauteuils, tables ; mais très peu : on a fait le vide pour que les invités puissent circuler librement.

SCÈNE I

MADAME BOUNOUMI, BAUDOUIN, CHAPUIS, GROUPES
D'INVITÉS.

BAUDOUIN, *arrêtant Mme Bounoumi et lui présentant
Chapuis.*

Chapuis.

CHAPUIS, *présentant Baudouin.*

Baudouin.

*Baudouin et Chapuis sortent leurs cartes et les
présentent en même temps.*

BAUDOUIN ET CHAPUIS

Inspecteurs de la Défense du Territoire.

BAUDOUIN

Spécialement chargés par la Présidence...

CHAPUIS

De veiller sur Nekrassov.

BAUDOUIN

Est-il arrivé?

MADAME BOUNOUMI

Pas encore.

CHAPUIS

Il serait imprudent de le faire entrer par la grande porte.

BAUDOUIN

Et, si vous le permettez, nous allons donner des ordres...

CHAPUIS

Pour qu'il passe par l'entrée de service...

BAUDOUIN, *désignant la porte à droite.*

Qui accède directement ici.

MADAME BOUNOUMI

Pourquoi ces précautions?

CHAPUIS, *en confidence.*

La possibilité d'un attentat n'est pas exclue.

MADAME BOUNOUMI, *saisie.*

Ah!

BAUDOUIN

N'ayez crainte, Madame.

CHAPUIS

Nous sommes là!

BAUDOUIN

Nous sommes là.

> *Ils disparaissent. Des invités sont entrés : parmi eux, Perdrière, Jules, Nerciat.*

SCÈNE II

MADAME BOUNOUMI, PERDRIÈRE, JULES PALOTIN, NERCIAT, DES INVITÉS, DES PHOTOGRAPHES, PÉRIGORD.

NERCIAT, *entourant Perdrière de son bras.*

Voici l'enfant prodigue. Je bois à Perdrière!

TOUS

A Perdrière!

PERDRIÈRE

Mesdames, Messieurs, j'étais une vieille bourrique. Je bois à l'homme providentiel qui m'a dessillé les yeux.

JULES, *souriant.*

Merci.

PERDRIÈRE, *sans l'entendre.*

A Nekrassov!

TOUS

A Nekrassov!

JULES, *vexé, à Nerciat.*

Nekrassov! (*Il hausse les épaules.*) Que serait-il sans moi?

Il s'éloigne.

NERCIAT, *à Perdrière.*

Dites quelque chose sur Palotin.

PERDRIÈRE

Je bois à Palotin qui... qui a eu le courage de publier les révélations de Nekrassov.

QUELQUES INVITÉS

A Palotin.

JULES, *vexé.*

Les gens ne connaissent pas la puissance de la presse.

PERDRIÈRE

Je saisis l'occasion pour vous demander pardon à tous de mon obstination, de mon aveuglement imbécile, de ma...

Il se met à pleurer. On l'entoure.

MADAME BOUNOUMI

Mon bon Perdrière...

PERDRIÈRE, *se débattant.*

Je veux demander pardon! Je veux demander pardon...

MADAME BOUNOUMI

Oublions le passé. Embrassez-moi.

Elle l'embrasse.

JULES, *aux photographes.*

Photos! (*Périgord passe avec un verre. Jules l'empoigne par le bras. Le contenu du verre se répand.*) Ho! Ho! Ho!

PÉRIGORD

L'idée, patron?

JULES

Oui, l'idée. Prends note de tout ce que je dis. (*A tous.*) Chers amis... (*On fait silence.*) Vous en êtes, j'en suis, Perdrière en est : tous, ici, nous sommes de Futurs Fusillés. Voulez-vous transformer cette soirée déjà mémorable en un véritable moment de la conscience humaine? Fondons le club des F. F.

TOUS

Bravo ! Vive les F. F. !

JULES

Au cours de la soirée, nous élirons un bureau provisoire pour établir les statuts. Je me propose pour la présidence. (*Applaudissements. A Périgord.*) A la une, demain, avec mon portrait. (*Entre Mouton.*) Qu'est-ce que c'est? Mouton? (*Il rejoint Nerciat et M*^me^ *Bounoumi.*) Vous avez vu?

SCÈNE III

LES MÊMES, *plus* MOUTON *et* DEMIDOFF.

MADAME BOUNOUMI

Oh!

NERCIAT

Qui l'a invité?

MADAME BOUNOUMI

Avec Demidoff.

NERCIAT

Ce Russe? Ils ont du toupet!

MADAME BOUNOUMI

Mon Dieu! L'attentat!

NERCIAT

Plaît-il?

MADAME BOUNOUMI

La possibilité d'un attentat n'est pas exclue.

NERCIAT

Ils viendraient pour...

MADAME BOUNOUMI

Ah! je n'en sais rien, mais j'ai deux inspecteurs à
côté et je vais les prévenir.

> *Pendant ce dialogue, Mouton s'est avancé au
> milieu des invités. A chacun d'eux, il adresse un
> sourire ou tend la main. Mais tout le monde lui
> tourne le dos. Il s'incline devant M*^{me} *Bounoumi.*

MOUTON

Madame...

MADAME BOUNOUMI

Non, Monsieur. Non! *Nous*, nous allons mourir, nous vous souhaitons longue vie et nous ne vous saluons pas!

LES INVITÉS, *en sortant.*

Vivent les F. F.! (*A l'intention de Mouton.*) A bas les futurs fusilleurs!

Ils sortent.

SCÈNE IV

MOUTON, DEMIDOFF.

Demidoff va au buffet et se sert largement.

MOUTON

L'accueil est plutôt froid.

DEMIDOFF, *mangeant.*

Je n'ai pas remarqué.

MOUTON

Vous ne remarquez jamais rien!

DEMIDOFF

Jamais! Je suis ici pour dénoncer le régime soviétique et non pour observer les mœurs de l'Occident. (*Il boit et mange.*)

MOUTON

Ils me prennent pour un communiste.

DEMIDOFF

C'est curieux.

MOUTON

Non, ce n'est pas curieux : c'est tragique, mais ce n'est pas curieux : il faut se mettre à leur place. (*Brusquement.*) Fiodor Petrovitch!

DEMIDOFF

Hé?

MOUTON

Cette liste est fausse, n'est-ce pas?

DEMIDOFF

Quelle liste?

MOUTON

Celle des Futurs Fusillés...

DEMIDOFF

Je l'ignore.

MOUTON, *sursautant.*

Comment?

DEMIDOFF

Je le saurai quand j'aurai vu Nekrassov.

MOUTON

Il se pourrait donc qu'elle fût vraie?

DEMIDOFF

Oui : si Nekrassov est vraiment Nekrassov.

MOUTON

Je serais perdu. (*Demidoff hausse les épaules.*) Malheureux! Si les Russes m'épargnent, c'est que je les sers.

DEMIDOFF

Évidemment.

MOUTON

Mais c'est absurde, voyons! Fiodor Petrovitch, vous ne pouvez tout de même pas croire...

DEMIDOFF

Je ne crois rien.

MOUTON

Ma vie témoigne pour moi. Je n'ai fait que les combattre.

DEMIDOFF

Qu'en savez-vous?

MOUTON, *accablé.*

Voilà! Qu'en sais-je? Pour être tout à fait franc, j'ai parfois le sentiment qu'on me manœuvre ; je me rappelle des faits troublants... (*Un temps.*) Mon secrétaire était communiste ; quand je m'en suis aperçu, je l'ai chassé.

DEMIDOFF

Y a-t-il eu scandale?

MOUTON

Oui.

DEMIDOFF

Vous avez fait leur jeu.

MOUTON

Vous le pensez, vous aussi? Je n'osais pas me l'avouer. (*Un temps.*) Pendant les dernières grèves, seul de ma profession, je n'ai rien accordé aux grévistes. Résultat : trois mois plus tard, aux élections syndicales...

DEMIDOFF

Tout le personnel votait pour la C. G. T.

MOUTON

Comment le savez-vous?

DEMIDOFF

C'est classique.

MOUTON

En somme, je leur ai fourni des recrues. (*Demidoff fait un signe d'assentiment.*) Hélas! (*Un temps.*) Fiodor

Petrovitch, regardez-moi : j'ai la tête d'un honnête homme?

DEMIDOFF

D'un honnête Occidental.

MOUTON

C'est même une belle tête de vieillard?

DEMIDOFF

De vieil Occidental.

MOUTON

Avec cette tête-là, puis-je être communiste?

DEMIDOFF

Pourquoi pas?

MOUTON

Je me suis élevé à la force des poignets. Grâce à mon travail.

DEMIDOFF

Grâce à la chance aussi.

MOUTON, *bref sourire à ses souvenirs.*

J'ai eu de la chance, oui.

DEMIDOFF

La chance, c'était eux.

MOUTON, *sursautant.*

Eux?

DEMIDOFF

Il se peut qu'ils aient fait votre fortune parce que vous étiez leur créature sans le savoir. Peut-être ont-ils tout agencé de telle façon que chacun de vos gestes produise, à votre insu, l'effet souhaité par Moscou.

MOUTON

Ma vie serait truquée de bout en bout? (*Signe d'assentiment de Demidoff. Brusquement.*) Répondez-moi franchement : si tout le monde me prend pour un révolutionnaire et si j'agis en toute circonstance comme le Parti l'exige, qu'est-ce qui me distingue d'un militant inscrit?

DEMIDOFF

Vous? Rien. Vous êtes un communiste *objectif.*

MOUTON

Objectif! Objectif! (*Il sort son mouchoir et s'essuie le front.*) Ah! je suis un possédé! (*Regardant brusquement le mouchoir.*) Qu'est-ce que c'est? Nous parlions, tous les deux, et je me retrouve en train d'agiter un mouchoir. Comment est-il venu dans ma main?

DEMIDOFF

Vous l'avez sorti de votre poche.

MOUTON, *égaré.*

Je l'ai...! Ah! c'est pis que je ne pensais. Ils se sont arrangés pour que je donne moi-même le signal. Quel signal? A qui? A vous, peut-être! Qui me dit que vous n'êtes pas leur agent? (*Demidoff hausse les épaules.*) Vous voyez : je deviens fou. Fiodor Pétrovitch, je vous en conjure, décommunisez-moi!

DEMIDOFF

Comment?

MOUTON

Démasquez ce misérable!

DEMIDOFF

Je le démasquerai si c'est un imposteur.

MOUTON, *repris d'inquiétude.*

Et si c'était vraiment Nekrassov?

DEMIDOFF

Je le flétrirai devant tous.

MOUTON, *hochant la tête.*

Le flétrir...

DEMIDOFF

Je tiens pour complice du régime tous ceux qui ont quitté l'U. R. S. S. après moi.

Goblet paraît au fond.

SCÈNE V

MOUTON, DEMIDOFF, GOBLET.

MOUTON

Il serait beaucoup plus efficace de le traiter d'imposteur, en tout cas.

DEMIDOFF

Non. (*Geste de Mouton.*) N'insistez pas : je suis incorruptible. (*Mouton soupire.*) Eh bien! qu'attendez-vous ? Cherchons-le.

MOUTON

J'ai convoqué un inspecteur de la Sûreté. Si le prétendu Nekrassov est un imposteur, il faut qu'il appartienne à la pègre internationale. Je le ferai mettre en prison pour la vie. (*Apercevant Goblet.*) Eh bien, Goblet! Entrez donc. (*Goblet s'approche.*) Vous regarderez avec soin l'homme que je vous désignerai. Si c'est un repris de justice, arrêtez-le sur-le-champ.

GOBLET

Devant tout le monde?

MOUTON

Naturellement.

15

GOBLET

Est-il beau?

MOUTON

Pas mal.

GOBLET, *désolé.*

On va encore faire la comparaison.

MOUTON

Quelle comparaison?

GOBLET

De sa tête à la mienne.

MOUTON

Vous refuseriez...?

GOBLET

Je ne refuse rien. J'aime mieux les arrêter quand ils sont laids, voilà tout.

SCÈNE VI

MOUTON, DEMIDOFF, GOBLET, BAUDOUIN, CHAPUIS, *qui viennent d'entrer.*

BAUDOUIN, *montrant sa carte à Mouton.*

Défense du Territoire. Papiers?

MOUTON

Je suis Charles Mouton...

CHAPUIS

Justement! Suspect.

> *Mouton hausse les épaules et montre sa carte d'identité.*

BAUDOUIN

Bon. (*A Demidoff.*) Toi, on te connaît. Va et n'oublie pas que tu es l'hôte de la France.

CHAPUIS

Éloignez-vous. Nous voulons dire un mot à l'inspecteur Goblet.

MOUTON, *à Goblet.*

Nous faisons le tour des salons pour voir si notre homme est arrivé. Attendez-nous ici.

Demidoff et Mouton sortent.

SCÈNE VII

BAUDOUIN, CHAPUIS, GOBLET.

BAUDOUIN, *barrant le passage à Goblet.*

Qu'est-ce que tu viens foutre ici, collègue?

GOBLET

Je suis invité.

CHAPUIS

Invité? Avec ta gueule?

GOBLET

Si vous êtes invités avec les vôtres, pourquoi ne le serais-je pas avec la mienne?

CHAPUIS

Nous ne sommes pas invités : nous sommes en service.

GOBLET

Eh bien, moi aussi!

BAUDOUIN

Tu cherches quelqu'un, peut-être?

GOBLET

Ça ne vous regarde pas.

CHAPUIS

Mais dis donc, collègue...

BAUDOUIN

Laisse-le : c'est un cachotier. (*A Goblet.*) Cherche qui tu veux, mais n'essaye pas de nous doubler.

GOBLET, *ahuri.*

Vous doubler?

CHAPUIS

Taquine pas Nekrassov.

GOBLET, *ahuri.*

Eh?

BAUDOUIN

Le taquine pas, mon vieux, si tu tiens à ton gagne-pain.

GOBLET, *cherchant toujours à comprendre.*

Nekrassov?

CHAPUIS

Nekrassov, oui. Touches-y pas!

GOBLET

Je n'ai pas d'ordres à recevoir de vous, collègues : je suis de la P. J. et j'obéis à mes chefs.

CHAPUIS

Ça se peut, mais tes chefs obéissent aux nôtres. Au revoir, collègue.

BAUDOUIN, *souriant.*

Au revoir! Au revoir!

SCÈNE VIII

GOBLET *seul, puis* DES INVITÉS.

GOBLET, *entre ses dents.*

Allez vous faire foutre! (*Rêveur.*) Nekrassov : j'ai vu
ce nom-là dans le journal...

SCÈNE IX

GOBLET, GEORGES, SIBILOT, LES DEUX GARDES DU
CORPS, UN INVITÉ.

GEORGES, *aux deux Gardes du Corps.*

Allez jouer. (*Il referme la porte sur eux. A Sibilot.*)
Tiens-toi droit! De la morgue, bon Dieu! (*Il lui ébou-
riffe les cheveux.*) Et de la nonchalance. Voilà!

SIBILOT

Entrons. (*Georges le retient.*) Qu'est-ce que tu as?

GEORGES

Le mal des sommets. J'entrerai, ils se jetteront à mes
pieds, ils me baiseront les mains : cela me donne le
vertige. Est-il possible qu'un seul homme fasse l'objet
de tout cet amour, de toute cette haine? Rassure-
moi, Sibilot : ce n'est pas moi qu'on aime, ce n'est pas
moi qu'on déteste ; je ne suis qu'une image?

> *Mouton et Demidoff passent au fond.*

SIBILOT

Je... (*Apercevant Mouton.*) Tourne-toi!

GEORGES

Qu'y a-t-il?

SIBILOT

Tourne-toi, te dis-je, ou nous sommes perdus! (*Georges se retourne, face à la scène.*) Mouton vient de passer avec Demidoff. Ils te cherchent.

GEORGES

Demidoff, je m'en fous. C'est Jules et Nerciat qui comptent. Ces imbéciles croient tirer mes ficelles.

SIBILOT

Écoute, Nikita...

GEORGES

Tais-toi! Je leur ferai voir qui est le maître. Mme Castagnié reprendra demain son emploi sinon... (*Il frappe du pied avec agacement.*) Le diable m'emporte!

SIBILOT

Qu'est-ce qu'il y a encore?

GEORGES

Il y a que je dois jouer ce soir une partie décisive et que je ne me sens pas d'humeur à la gagner. Qu'est-ce que c'est?

> *Un invité, titubant, vient d'entrer. Il s'adosse à la table du buffet, prend un verre, le boit et le tient en l'air comme s'il portait un toast.*

L'INVITÉ

En joue! Feu! Vive la France!

> *Il s'écroule.*

GOBLET, *s'élançant.*

Le pauvre homme!

> *Il s'agenouille près de lui.*

L'INVITÉ, *ouvrant un œil.*

Quelle gueule! Donne-moi le coup de grâce.

> *Il s'endort. Goblet, furieux, le pousse sous le buffet et rabat la nappe sur lui. Georges l'aperçoit.*

GEORGES, *à Sibilot.*

Goblet!

Il tourne brusquement le dos à Goblet.

SIBILOT

Où?

GEORGES

Derrière toi. Ça commence mal.

SIBILOT, *sûr de lui.*

J'en fais mon affaire.

GEORGES

Toi?

SIBILOT

Il m'aime. (*Il va à l'inspecteur, les bras ouverts.*) Viens dans mes bras!

GOBLET, *effrayé.*

Je ne vous connais pas!

SIBILOT

Tu me fais de la peine! Je suis Sibilot, voyons. Tu ne te rappelles pas?

GOBLET, *toujours méfiant.*

Si.

SIBILOT

Alors? Embrassons-nous!

GOBLET

Non.

SIBILOT, *reproche déchirant.*

Goblet!

GOBLET

Vous n'êtes plus le même.

SIBILOT

Allons donc!

GOBLET

Vous avez changé de costume.

SIBILOT

N'est-ce que cela ? Je suis ici sur l'ordre de mon directeur et l'on m'a prêté ces vêtements pour que je fasse
bonne figure.

GOBLET

On ne vous a pas prêté votre tête!

SIBILOT

Qu'est-ce qu'elle a ?

GOBLET

C'est une tête à deux cents billets.

SIBILOT

Es-tu fou? C'est la tête de ce costume. (*Il prend
Goblet par le bras.*) Je ne te quitte plus. As-tu soif ?

GOBLET

Oui, mais rien ne passe.

SIBILOT

Le gosier, hein ? Verrouillé ? Je connais cela. Ah! nous
ne sommes pas à notre place. Sais-tu ce que nous
devrions faire ? L'office est clair, aéré, spacieux, plein
de soubrettes charmantes : allons-y prendre un verre.

GOBLET

C'est que j'attends...

SIBILOT

Un verre, inspecteur, un verre. Nous serons comme
chez nous.

Il l'entraîne.

SCÈNE X

GEORGES *seul, puis* BAUDOUIN *et* CHAPUIS.

GEORGES, *seul.*

Ouf!

CHAPUIS, *apparaissant à une porte.*

Psstt!

BAUDOUIN, *à l'autre porte.*

Psstt!

GEORGES

Hé?

BAUDOUIN

Nous sommes les Inspecteurs de la Défense du Territoire.

CHAPUIS

Et nous vous souhaitons la bienvenue...

BAUDOUIN

Sur le territoire que nous défendons.

GEORGES

Merci.

CHAPUIS

Ne vous faites surtout pas de souci.

BAUDOUIN

Reposez-vous entièrement sur nous.

CHAPUIS

A l'heure du danger, nous sommes là.

GEORGES

A l'heure du danger? Il y a un danger?

BAUDOUIN

La possibilité d'un attentat n'est pas exclue.

GEORGES

Un attentat contre qui?

BAUDOUIN, *souriant.*

Contre vous!

CHAPUIS, *riant franchement.*

Contre vous!

GEORGES

Hé là! Mais dites-moi donc...

BAUDOUIN

Chut! Chut! Nous veillons!

CHAPUIS

Nous veillons!

Ils disparaissent à l'instant même où Mme Bounoumi fait son entrée avec les invités.

SCÈNE XI

GEORGES, MADAME BOUNOUMI, NERCIAT, JULES, PERDRIÈRE, INVITÉS, INVITÉES, PHOTOGRAPHES, PÉRIGORD.

MADAME BOUNOUMI

Voici notre sauveur!

TOUS

Vive Nekrassov!

UN INVITÉ

Monsieur, vous êtes un homme!

GEORGES

Monsieur, vous en êtes un autre.

UNE INVITÉE

Vous êtes beau!

GEORGES

C'est pour vous plaire.

UNE AUTRE INVITÉE

Monsieur, je serais fière d'avoir un enfant de vous.

GEORGES

Madame, nous y songerons.

MADAME BOUNOUMI

Cher ami, direz-vous quelques mots?

GEORGES

Volontiers. (*Élevant la voix.*) Mesdames, Messieurs,
les civilisations sont mortelles, l'Europe ne se pense
plus en termes de liberté, mais en termes de destin ;
le miracle grec est en danger : sauvons-le.

TOUS

Mourons pour le miracle grec! Mourons pour le miracle grec!

> *Applaudissements. M*ᵐᵉ *Bounoumi pousse Per-
> drière vers Georges.*

MADAME BOUNOUMI, *à Georges.*

Voilà quelqu'un qui vous admire.

GEORGES

Vous m'admirez, Monsieur? Cela suffit pour que je
vous aime. Qui êtes-vous?

PERDRIÈRE

Je suis votre obligé, Monsieur, et je le resterai toute
ma vie.

GEORGES, *stupéfait.*

Moi, j'ai obligé quelqu'un ?

PERDRIÈRE

Vous m'avez obligé à me désister.

GEORGES

Perdrière ! (*Perdrière veut lui baiser la main. Il l'en empêche.*) Embrassons-nous, voyons !

Ils s'embrassent.

MADAME BOUNOUMI

Photos ! (*Flashes. Elle prend Georges par un bras. Perdrière lui prend l'autre.*) Nous trois, à présent. Prenez le groupe.

JULES, *vivement.*

Vous permettez ?

Il prend le bras de Perdrière.

GEORGES

Non, mon petit Jules, non. Tout à l'heure.

JULES

Pourquoi refuses-tu systématiquement de te faire photographier avec moi ?

GEORGES

Parce que tu as la bougeotte : ce sera de la pellicule perdue.

JULES

Permets...

GEORGES

Non, mon vieux ; j'ai mon public : des gens qui achètent ton canard pour y découper mon portrait et ils ont bien le droit...

JULES

Il se peut que tu aies ton public. Mais moi j'ai *mes* photographes et je trouve inadmissible que tu leur interdises de me photographier.

GEORGES

En vitesse, alors! (*Flash.*) Là! Là! Suffit. Et viens me parler.

> *Il l'entraîne sur le devant de la scène.*

JULES

Qu'est-ce que tu me veux?

GEORGES

Je veux que tu rendes leur emploi aux sept collaborateurs que tu as renvoyés.

JULES

Encore! Mais cela ne te regarde pas, mon vieux! C'est une affaire strictement intérieure.

GEORGES

Toutes les affaires du journal me regardent.

JULES

Qui est directeur? Toi ou moi?

GEORGES

Toi : mais tu ne le resteras pas lontemps si tu joues à ce jeu-là. Je demanderai ta tête au Conseil.

JULES

Eh bien! voici Nerciat qu'ils ont élu Président jeudi, en remplacement de Mouton : tu n'as qu'à t'adresser à lui.

GEORGES, *prenant Nerciat par le bras et le ramenant près de Jules.*

Mon cher Nerciat...

NERCIAT

Mon cher Nekrassov...

GEORGES

Puis-je vous demander une faveur?

NERCIAT

Elle est accordée d'avance.

GEORGES

Vous rappelez-vous cette pauvre Mᵐᵉ Castagnié?

NERCIAT

Ma foi, non.

GEORGES

La secrétaire que vous avez renvoyée.

NERCIAT

Ah! parfaitement. C'était une communiste.

GEORGES

Elle est veuve, mon cher Nerciat.

NERCIAT

Oui. Veuve de communiste.

GEORGES

Elle a une fille infirme.

NERCIAT

Infirme? Une aigrie. De la graine de communiste.

GEORGES

Elle n'avait que son salaire pour vivre. Faut-il
qu'elle ouvre le gaz?

NERCIAT

Cela ferait deux communistes de moins. (*Un temps.*)
Que voulez-vous?

GEORGES

Que vous lui rendiez son emploi.

NERCIAT

Mais, mon cher Nekrassov, je ne peux rien par moi-même. (*Un temps.*) Croyez que je transmettrai votre requête au Conseil d'Administration. (*Georges est ivre de colère, mais il se contient.*) Est-ce tout ?

GEORGES

Non. (*Sortant* Soir à Paris *de sa poche.*) Qu'est-ce que cela ?

NERCIAT, *lisant.*

« Nekrassov déclare : je connais personnellement les journalistes Duval et Maistre. » Eh bien ? C'est une déclaration que vous avez faite.

GEORGES

Justement non.

NERCIAT

Vous ne l'avez pas faite ?

GEORGES

Pas du tout.

NERCIAT

Ho! Ho! (*A Jules, sévèrement.*) Mon cher Jules, vous m'étonnez. Vous connaissez pourtant la devise du journal : Vérité toute nue.

JULES, *happant Périgord au passage.*

Périgord! (*Périgord s'approche.*) Je suis très surpris : voici des propos qu'on a prêtés à Nekrassov et qu'il n'a jamais tenus!

PÉRIGORD, *prend le journal et le lit.*

Ah! Ah! ce sera la petite Tapinois.

JULES

La petite Tapinois!

PÉRIGORD

Elle aura cru bien faire.

JULES

Pas de ça chez nous, Périgord. La Vérité toute nue.
Fous-moi Tapinois à la porte!

GEORGES

Je ne demande pas cela.

JULES

A la porte! A la porte!

GEORGES

Non, Jules, je t'assure. Assez de renvois!

JULES

Alors passe-lui un bon savon et dis-lui qu'elle doit
de garder sa place à l'intervention personnelle de
Nekrassov.

GEORGES

C'est cela. (*Un temps.*) En ce qui me concerne, je me
contenterai d'un démenti.

JULES, *stupéfait.*

D'un quoi?

GEORGES

D'un démenti que vous publierez demain.

JULES

Un démenti?

NERCIAT

Un démenti?

PÉRIGORD

Un démenti?

Ils se regardent.

JULES

Mais, Nikita, ce serait la pire maladresse.

PÉRIGORD

On se demanderait ce qui nous prend.

NERCIAT

Avez-vous jamais vu un journal démentir ses propres informations à moins d'y être contraint par les tribunaux?

JULES

Nous attirerions aussitôt l'attention du public sur ce malheureux entrefilet.

PÉRIGORD

Que personne n'a lu, j'en suis convaincu.

JULES, *à Nerciat.*

Vous l'aviez remarqué, mon cher Président?

NERCIAT

Moi? Pas du tout. Et, pourtant, je lis le journal de la première ligne à la dernière.

JULES

Si l'on commence ce petit jeu-là, où s'arrêtera-t-on? Faudra-t-il consacrer chaque numéro à démentir le précédent?

GEORGES

Très bien. Que comptez-vous faire?

NERCIAT

A quel sujet?

16

GEORGES

Pour ces déclarations ?

JULES

N'en plus parler, tout simplement ; ensevelir la
nouvelle sous les nouvelles du jour suivant. C'est encore
la meilleure méthode. Crois-tu que nos lecteurs se
rappellent d'un jour à l'autre ce qu'ils ont lu ? Mais,
mon vieux, s'ils avaient de la mémoire, on ne pourrait
même pas publier le bulletin météorologique !

NERCIAT, *se frottant les mains.*

Eh bien, voilà ! Tout est réglé.

GEORGES

Non.

NERCIAT

Non ?

GEORGES

Non ! J'exige que vous fassiez paraître un démenti.

NERCIAT

Vous exigez ?

GEORGES

Oui. Au nom des services que je vous ai rendus...

NERCIAT

Nous vous les avons payés.

GEORGES

Au nom de la gloire que j'ai acquise...

JULES

Ta gloire, mon pauvre Nikita, je ne voulais pas te
le dire, mais elle est en baisse. Jeudi, nous avons pla-
fonné avec deux millions de vendus. Mais, depuis,
nous sommes redescendus à 1 700 000.

GEORGES

C'est encore bien au-dessus de vos tirages habituels.

JULES

Attends la semaine prochaine.

GEORGES

Quoi, la semaine prochaine?

JULES

On redescendra à 900 000 ; et qu'est-ce que tu auras été? Une montée en flèche de nos ventes, une dégringolade en flèche et puis plus rien : la mort.

GEORGES

Pas si vite : je tiens en réserve des révélations sensationnelles!

JULES

Trop tard : c'est l'effet de choc qui compte. Le lecteur est saturé : si tu nous apprenais demain que les Russes mangent leurs enfants, il ne réagirait même plus.

Entrent Mouton et Demidoff.

SCÈNE XII

LES MÊMES, MOUTON, DEMIDOFF.

MOUTON, *d'une voix forte.*

Messieurs! (*Tout le monde fait silence et se retourne sur 'ui.*) Vous êtes trahis.

Rumeurs. Les invités s'agitent.

NERCIAT

Que venez-vous faire ici, Mouton?

MOUTON

Démasquer un traître. (*Désignant Demidoff.*) Voici Demidoff, l'économiste soviétique, qui a travaillé dix

ans au Kremlin. Écoutez ce qu'il va nous dire. (*A
Demidoff, désignant Georges.*) Regardez-le bien, l'homme qui se fait passer pour Nekrassov : le reconnaissez-
vous ?

DEMIDOFF

Il faut que je change de lunettes.(*Il ôte ses lunettes,
en met une autre paire et regarde autour de lui.*) Où est-il ?

######## GEORGES, *se jetant sur lui et l'embrassant.*

Enfin ! Je t'ai cherché si longtemps !

> *Mouton le tire en arrière.*

MOUTON, *à Demidoff.*

Le reconnaissez-vous ?

GEORGES

Sortez tous : je lui apporte un message secret.

MOUTON

Nous ne sortirons pas avant que l'affaire soit réglée.

> *Les Inspecteurs de la Défense du Territoire sont
entrés.*

BAUDOUIN, *surgissant devant Mouton.*

Oh! si, Monsieur, vous sortirez.

MOUTON

Mais je...

BAUDOUIN

Défense du Territoire. C'est un ordre.

CHAPUIS, *aux autres.*

Vous aussi, Messieurs, s'il vous plaît.

> *Ils font sortir les invités. Demidoff et Georges
restent seuls.*

SCÈNE XIII

DEMIDOFF, GEORGES.

DEMIDOFF, *qui n'a cessé d'examiner Georges et ne s'est aperçu de rien.*

Cet homme-là n'est pas Nekrassov.

GEORGES

Ne te fatigue pas : nous sommes seuls.

DEMIDOFF

Tu n'es pas Nekrassov. Nekrassov est petit, râblé ; il boite légèrement.

GEORGES

Il boite ? Je regrette de ne pas l'avoir su plus tôt. (*Un temps.*) Demidoff, il y a longtemps que je voulais te parler.

DEMIDOFF

Je ne te connais pas.

GEORGES

Moi, je te connais très bien : j'ai pris des renseignements sur toi. Tu es arrivé en France en 1950 : à cette époque-là, tu étais lénino-bolchevik et tu te sentais bien seul. Tu t'es rapproché un moment des trotskystes et tu es devenu trotskysto-bolchevik. Après l'éclatement de leur groupe, tu t'es retourné vers Tito et tu t'es fait appeler titisto-bolchevik. Quand la Yougoslavie s'est réconciliée avec l'U. R. S. S., tu as reporté tes espoirs sur Mao-Tsé-Toung et tu t'es déclaré toungisto-bolchevik. La Chine n'ayant pas rompu avec les Soviets, tu t'es détourné d'elle et tu t'intitules bolchevik-bolchevik. Est-ce exact ?

DEMIDOFF

C'est exact.

GEORGES

Ces grands changements ont eu lieu dans ta tête et tu n'as jamais cessé d'être seul. Autrefois, *Soir à Paris* publiait tes articles : à présent l'on n'en veut plus nulle part. Tu vis dans une mansarde, avec un chardonneret. Bientôt le chardonneret mourra, ton propriétaire te mettra à la porte et tu iras coucher sur la péniche de l'Armée du Salut.

DEMIDOFF

La misère ne me fait pas peur ; je n'ai qu'un but : anéantir la bureaucratie soviétique.

GEORGES

Eh bien! c'est foutu, mon pauvre vieux. L'Occident t'a mangé : tu ne comptes plus.

DEMIDOFF, *le prenant à la gorge.*

Vipère lubrique!

GEORGES

Lâche-moi, Demidoff, lâche-moi, donc! Je vais te donner un moyen de te tirer d'affaire.

DEMIDOFF, *le lâchant.*

Inutile.

GEORGES

Pourquoi?

DEMIDOFF

Tu n'es pas Nekrassov et je suis ici pour le dire.

GEORGES

Ne le dis pas, malheureux : tu servirais tes ennemis. Il faut que ta haine des Soviets soit bien faible pour qu'elle n'ait pas fait taire en toi l'amour de la vérité. Réfléchis! Mouton t'a tiré de l'oubli pour me confondre ; la besogne faite, il t'y laissera retomber. Un jour, on te trouvera dans une fosse, mort d'impuissance et de haine rentrée, et qui est-ce qui se tapera sur les cuisses? Les bureaucrates de toutes les Russies!

DEMIDOFF

Tu n'es pas Nekrassov. Nekrassov boite...

GEORGES

Oui, oui. Je sais. (*Un temps.*) Demidoff, je voudrais
entrer au Parti bolchevik-bolchevik.

DEMIDOFF

Toi ?

GEORGES

Moi. Mesures-tu le pas de géant que tu viens de faire ?
Quand un parti n'a qu'un membre, il y a fort peu de
chances pour qu'il en ait jamais deux. Mais, s'il en a
deux, qui l'empêche demain d'en compter un million ?
Acceptes-tu ?

DEMIDOFF, *étourdi par la nouvelle.*

Mon parti aurait deux membres ?

GEORGES

Oui. Deux.

DEMIDOFF, *soupçonneux.*

Tu sais que notre principe est la centralisation ?

GEORGES

Je le sais.

DEMIDOFF, *enchaînant.*

Et notre règle, la démocratie autoritaire.

GEORGES

Je le sais.

DEMIDOFF

Le dirigeant, c'est moi.

GEORGES

Je serai le militant de base.

DEMIDOFF

A la moindre activité fractionnelle, je t'exclus!

GEORGES

N'aie crainte : je te suis dévoué. Mais le temps presse. Aujourd'hui je suis célèbre ; demain, peut-être, on m'aura oublié. Profite de l'occasion, vite! Mes articles font le tour du monde : je les écrirai sous ta dictée.

DEMIDOFF

Tu dénonceras la génération de techniciens qui a supplanté les vieux révolutionnaires ?

GEORGES

Dans chaque colonne.

DEMIDOFF

Tu diras tout le mal que je pense d'Orloff ?

GEORGES

Qui est Orloff ?

DEMIDOFF

Mon ancien chef de bureau. Un chacal.

GEORGES

Il sera demain la risée de l'Europe.

DEMIDOFF

Parfait. (*Il lui tend la main.*) Tope là, Nekrassov.

Georges lui serre la main. Les invités apparaissent timidement sur le seuil de la porte.

SCÈNE XIV

LES INVITÉS, GEORGES, DEMIDOFF, MOUTON, BAUDOUIN, CHAPUIS.

MOUTON

Eh bien! Demidoff, qui est cet homme?

DEMIDOFF

Lui? C'est Nekrassov.

Acclamations.

MOUTON

Vous mentez! Qu'avez-vous combiné quand vous étiez seuls?

GEORGES

Je lui donnais des nouvelles de la résistance clandestine qui s'organise en U. R. S. S.

MOUTON

Imposteur!

GEORGES, *aux invités.*

Je vous prends à témoin que cet individu fait le jeu des communistes!

INVITÉS, *à Mouton.*

A Moscou! A Moscou!

MOUTON

Tu m'accules au suicide, misérable, mais je t'entraînerai dans la mort. (*Il sort un revolver et le braque sur Georges.*) Remerciez-moi, Messieurs : je débarrasse la terre d'une canaille et d'un communiste objectif!

MADAME BOUNOUMI

L'attentat! L'attentat!

> *Baudouin et Chapuis se jettent sur Mouton et le désarment. Les deux tueurs entrent en courant par la porte de droite.*

CHAPUIS, *aux deux Gardes du Corps, désignant Mouton.*

Reconduisez Monsieur.

MOUTON, *se débattant.*

Laissez-moi! Laissez-moi!

LES INVITÉS

A Moscou! A Moscou!

> *Les Gardes du Corps le soulèvent et l'emportent par la porte de droite.*

BAUDOUIN, *aux invités.*

Nous avions prévu cet attentat. Mesdames et Messieurs, tout danger est écarté ; veuillez regagner les salons. Nous vous enlevons quelques instants M. Nekrassov pour établir avec lui les moyens d'assurer sa protection, mais n'ayez crainte : nous vous le rendrons bientôt.

> *Les invités sortent.*

SCÈNE XV

GEORGES, BAUDOUIN, CHAPUIS.

BAUDOUIN

Avouez, Monsieur, que nous sommes vos anges gardiens.

CHAPUIS

Et que, sans nous, ce misérable vous tuait à bout portant.

GEORGES

Je vous remercie, Messieurs.

BAUDOUIN

Je vous en prie : nous n'avons fait que notre devoir.

CHAPUIS

Et nous sommes trop heureux de vous avoir tiré d'affaire.

> *Georges s'incline légèrement et va pour sortir. Baudouin le prend par le bras.*

GEORGES

Mais...

CHAPUIS

Nous avons des embêtements, voyez-vous.

BAUDOUIN

Et nous aurions besoin que vous nous donniez un
coup de main.

GEORGES, *s'asseyant.*

En quoi puis-je vous être utile ?

> *Les inspecteurs s'asseyent.*

CHAPUIS

Eh bien, voilà : nous sommes sur une grave affaire de
démoralisation nationale.

GEORGES

La France serait démoralisée ?

CHAPUIS

Pas encore, Monsieur : nous veillons !

BAUDOUIN

Mais le fait est qu'on cherche à lui saboter le moral.

GEORGES

Pauvre France ! Et qui ose...

CHAPUIS

Deux journalistes.

GEORGES

Deux pour quarante millions d'habitants ? Ce pays
se laisse facilement abattre.

BAUDOUIN

Ces deux hommes ne sont que des symboles. Et le
gouvernement veut atteindre dans leur personne une
presse détestable qui mystifie ses lecteurs.

CHAPUIS

Il faut frapper vite et fort.

BAUDOUIN

Nous comptons les arrêter demain. Après-demain au plus tard.

CHAPUIS

Mais on nous demande de fournir la preuve que les deux accusés ont participé sciemment à une entreprise de démoralisation nationale...

BAUDOUIN

Ce qui est à nos yeux parfaitement inutile...

CHAPUIS

Mais que le législateur a cru devoir exiger.

BAUDOUIN

Or, pour une fois, la chance nous sert...

CHAPUIS

Vous êtes là !

GEORGES

Je suis là ?

BAUDOUIN

N'êtes-vous pas là ?

GEORGES

Ma foi, j'y suis. J'y suis autant que je peux y être.

CHAPUIS

Eh bien ! vous nous servirez de témoin.

BAUDOUIN

En qualité de ministre soviétique, vous avez certainement employé ces journalistes.

CHAPUIS

Et vous nous obligeriez fort en nous le confirmant.

GEORGES

Comment s'appellent-ils ?

CHAPUIS

Robert Duval et Charles Maistre.

GEORGES

Maistre et Duval... Duval et Maistre... Eh bien! je ne les connais pas.

BAUDOUIN

Impossible!

GEORGES

Pourquoi donc ?

CHAPUIS

Vous avez déclaré hier, dans *Soir à Paris*, que vous les connaissiez fort bien.

GEORGES

On m'a prêté des propos que je n'avais jamais tenus.

BAUDOUIN

Il se peut. Mais l'article est là. Et puis, de toute façon, ce sont des communistes : Duval est un membre influent du P. C.

CHAPUIS

Duval, voyons! Il faut que vous le connaissiez!

GEORGES

En U. R. S. S., chaque ministre a ses agents personnels que les autres ne connaissent pas. Cherchez à la Propagande, à l'Information ou peut-être aux Affaires Étrangères. Moi, comme vous le savez, j'étais à l'Intérieur.

BAUDOUIN

Nous comprenons parfaitement vos scrupules..,

CHAPUIS

Et nous aurions les mêmes à votre place.

BAUDOUIN

Mais puisque Duval est communiste...

CHAPUIS

Il n'est pas nécessaire que vous ayez vu son nom de vos propres yeux.

BAUDOUIN

Et vous avez la certitude morale que c'est un agent soviétique.

CHAPUIS

Vous pouvez donc témoigner en toute tranquillité d'esprit qu'il a été payé pour faire son travail.

GEORGES

Je regrette, mais je ne témoignerai pas.

Un silence.

BAUDOUIN

Très bien.

CHAPUIS

Parfait!

BAUDOUIN

La France est le pays de la liberté : chez nous, tout le monde est libre de parler ou de se taire.

CHAPUIS

Nous nous inclinons, nous nous inclinons!

BAUDOUIN

Et nous souhaitons que nos chefs s'inclinent à leur tour.

Un temps.

BAUDOUIN, *à Chapuis.*

S'inclineront-ils?

CHAPUIS, *à Baudouin.*

Qui sait? L'ennui, c'est que M. Nekrassov a de nombreux ennemis.

BAUDOUIN, *à Georges.*

Des gens que votre gloire indispose...

CHAPUIS, *à Georges*

Et qui prétendent que vous nous êtes envoyé par Moscou.

GEORGES

C'est absurde!

CHAPUIS

Bien entendu.

Ils se lèvent et l'encadrent.

BAUDOUIN

Mais il faut faire taire les calomnies.

CHAPUIS

Par un acte qui vous engage sérieusement.

BAUDOUIN

Après tout, le mois dernier, vous étiez encore l'ennemi juré de notre pays...

CHAPUIS

... et rien ne prouve que vous ayez cessé de l'être...

BAUDOUIN

On nous a souvent dit que nous méconnaissions nos devoirs...

CHAPUIS

... et qu'il fallait d'urgence vous reconduire à la frontière.

BAUDOUIN

Imaginez que nous vous remettions à la police soviétique!

CHAPUIS

Après vos déclarations, vous passeriez un sale quart d'heure!

GEORGES

Vous auriez le cœur de me chasser, moi qui ai fait confiance à l'hospitalité française?

CHAPUIS, *riant.*

Ha! Ha!

BAUDOUIN, *riant.*

L'hospitalité!

CHAPUIS, *à Baudouin.*

Pourquoi pas le droit d'asile?

CHAPUIS

Il se croit au moyen âge!

BAUDOUIN

Nous sommes hospitaliers pour les lords anglais...

CHAPUIS

... pour les touristes allemands...

BAUDOUIN

... pour les soldats américains...

CHAPUIS

... et pour les interdits de séjour belges...

BAUDOUIN

... mais franchement, vous ne voudriez pas que nous le fussions pour les citoyens soviétiques!

GEORGES

C'est un chantage, en somme?

CHAPUIS

Non, Monsieur : c'est un dilemme.

BAUDOUIN

Je dirais même : une alternative.

Un silence.

GEORGES

Faites-moi reconduire à la frontière.

Un temps.

BAUDOUIN, *changeant de ton.*

Alors, mon petit Georges? On fait le méchant?

CHAPUIS

On fait le dur?

GEORGES, *se levant en sursaut.*

Quoi?

BAUDOUIN

Rassieds-toi.

Ils le font rasseoir.

CHAPUIS

Tu nous fais pas peur, tu sais!

BAUDOUIN

Nous autres, on a vu de vrais durs. Des hommes.

CHAPUIS

Un escroc, on sait bien que ça n'est qu'une lope.

BAUDOUIN

Une gonzesse.

CHAPUIS

Des fois qu'on te chatouillerait un peu...

BAUDOUIN

Tu te mettrais tout de suite à table.

GEORGES

Je ne comprends pas ce que vous voulez dire.

CHAPUIS

Oh! que si, tu le comprends!

BAUDOUIN

On veut dire que tu es Georges de Valera, la petite frappe internationale et qu'on peut te remettre sur-le-champ à l'inspecteur Goblet qui te recherche!

GEORGES, *s'efforçant de rire.*

Georges de Valera? C'est un malentendu! Un malentendu très divertissant. Je...

CHAPUIS

Te casse pas la tête. Voilà huit jours que tes gardes du corps te photographient en douce et sur toutes les coutures. Ils ont même pris tes empreintes digitales. Nous n'avons eu qu'à comparer avec ta fiche anthropométrique. Tu es cuit.

Un silence.

GEORGES

Merde.

BAUDOUIN

Remarque bien : on n'est pas mauvais, nous autres.

CHAPUIS

Et puis, l'escroquerie, ça n'est pas notre rayon.

BAUDOUIN

Ça regarde la P. J. Et la P. J., chez nous, on ne l'a pas à la bonne.

CHAPUIS

L'inspecteur Goblet, on se le met où tu penses.

BAUDOUIN

On veut la peau des deux journalistes, c'est tout.

CHAPUIS

Et, si tu nous la donnes, tu seras Nekrassov tant que ça te plaira.

BAUDOUIN

Tu nous rendras de petits services.

CHAPUIS

On te montrera des gens de temps en temps.

BAUDOUIN

Tu diras que tu les connais : pour nous faire plaisir.

CHAPUIS

Et nous, en échange, on la bouclera.

BAUDOUIN

On est seuls à savoir la chose, tu comprends.

CHAPUIS

Remarque, on l'a bien dit au Président du Conseil.

BAUDOUIN

Mais ça ne fait rien : il ne le sais pas.

CHAPUIS

Il a dit ! « Je veux pas le savoir. »

BAUDOUIN

Et cet homme-là, il sait ce qu'il veut !

CHAPUIS

T'as compris le coup, petite tête ?

BAUDOUIN

Jeudi, nous viendrons te chercher et nous t'emmènerons chez le juge d'instruction.

CHAPUIS

Il te demandera si tu connais Duval...

BAUDOUIN

Et tu répondras : oui, parce que tu ne pourras pas faire autrement.

CHAPUIS

Bonsoir, mon petit pote : au plaisir.

BAUDOUIN

A jeudi, Toto. Oublie pas.

Ils sortent.

SCÈNE XVI

GEORGES *seul, puis* DEMIDOFF.

GEORGES

Bon!... Bon, bon, bon!... (*Il va à la glace.*) Adieu, grande steppe russe de mon enfance, adieu la gloire! Nekrassov, adieu! Adieu, pauvre cher grand homme! Adieu, traître, ordure, adieu, salaud! Vive Georges de Valera! (*Il se fouille.*) Sept mille francs. J'ai bouleversé l'univers et ça me rapporte sept mille francs : chien de métier. (*A la glace.*) Georges, mon vieux Georges, tu n'imagines pas le plaisir que j'ai de te retrouver! (*Il remonte.*) Mesdames et Messieurs, Nekrassov étant mort, Georges de Valera va filer à l'anglaise. (*Il réfléchit.*) La grande entrée : impossible ; les flics la surveillent. L'entrée de service... (*Il va ouvrir la porte de droite.*) Merde : mes deux tueurs gardent le couloir. (*Il traverse la salle.*) La fenêtre? (*Il se penche.*) Elle est à dix mètres du sol : je vais me casser la gueule. Pas de gouttière en vue? (*Il monte sur le rebord de la fenêtre.*) Trop loin. Bon Dieu, si je trouvais un moyen d'occuper mes deux tueurs...

Demidoff est entré, le saisit par les hanches et le fait descendre de la fenêtre.

DEMIDOFF

Pas de ça, militant. Je te le défends.

GEORGES

Je...

DEMIDOFF

Le suicide, on y songe les trois premiers mois. Ensuite,
tu verras, on s'y fait. J'ai passé par là. (*En confidence.*)
J'ai quitté le grand salon parce que j'ai un peu bu. Il
ne faut pas que je me saoule, militant. Veilles-y. Quand
je suis saoul, je deviens terrible.

GEORGES, *très intéressé.*

Ah! Ah!

DEMIDOFF

Oui.

GEORGES

Vraiment terrible?

DEMIDOFF

Je casse tout. Je tue quelquefois.

GEORGES

C'est très intéressant, ce que tu me dis là!

Irruption des invités et de Mme Bounoumi.

SCÈNE XVII

GEORGES, DEMIDOFF, MADAME BOUNOUMI,
PERDRIÈRE, TOUS LES INVITÉS.

MADAME BOUNOUMI, *à Georges.*

Enfin, on peut vous approcher. Vous ne partez pas,
j'espère? Nous allons commencer les jeux de société.

GEORGES

Les jeux de société?

MADAME BOUNOUMI

Oui!

GEORGES

J'en connais un qui faisait rire aux larmes tout le personnel du Kremlin.

MADAME BOUNOUMI

Vous m'intriguez beaucoup : qu'est-ce que c'est?

GEORGES

Eh bien! voilà : les jours de bonne humeur, nous avions coutume de faire boire Demidoff. Vous n'imaginez pas les idées ravissantes qui lui viennent quand il est ivre. C'est un vrai poète.

MADAME BOUNOUMI

Mais c'est charmant! Si nous essayions?

GEORGES

Faites circuler le mot d'ordre, je me charge du reste.

MADAME BOUNOUMI, *à un invité.*

Il faut enivrer Demidoff : il paraît qu'il est très amusant quand il a bu.

Le mot d'ordre circule.

GEORGES, *à Demidoff.*

Nos amis veulent choquer leurs verres contre le tien.

DEMIDOFF

Soit. (*Regardant les verresq u'un domestique apporte sur un plateau.*) Qu'est-ce que c'est?

GEORGES

Dry Martini.

DEMIDOFF

Pas de boisson américaine. Vodka!

MADAME BOUNOUMI, *aux domestiques.*

Vodka!

> *Un domestique apporte des verres de vodka sur un plateau.*

DEMIDOFF, *il lève son verre.*

Je bois à la destruction des bureaucrates soviétiques!

MADAME BOUNOUMI ET LES INVITÉS

A l'anéantissement des bureaucrates!

GEORGES, *prenant un verre sur le plateau et le tendant à Demidoff.*

Tu oublies les technocrates.

DEMIDOFF

A la destruction des technocrates!

LES INVITÉS

A la destruction des technocrates!

> *Il boit.*

GEORGES, *lui tendant un nouveau verre.*

Et Orloff? (*Aux invités.*) C'est son chef de bureau.

DEMIDOFF, *buvant.*

A la pendaison d'Orloff!

LES INVITÉS

A la pendaison d'Orloff!

GEORGES, *lui tendant un verre.*

C'est l'occasion de porter un toast au parti bolchevik-bolchevik.

DEMIDOFF

Tu crois?

GEORGES

Dame! Tu le feras connaître : il faut songer à la publicité.

DEMIDOFF, *buvant.*

Au parti bolchevik-bolchevik!

LES INVITÉS

Au parti bolchevik-bolchevik!

> *La plupart sont franchement ivres. On voit apparaître des chapeaux de papier, des mirlitons et des serpentins. Pendant la scène qui suit, les tirades de Demidoff seront scandées par des sons de mirliton.*

DEMIDOFF, *à Georges.*

A quoi dois-je boire, à présent?

GEORGES, *lui tendant un verre.*

A ton chardonneret.

DEMIDOFF

A mon chardonneret!

LES INVITÉS

A son chardonneret!

> *Georges lui tend un nouveau verre.*

DEMIDOFF

Et à présent?

GEORGES

Je ne sais pas, moi... A la France, peut-être : ce serait poli.

DEMIDOFF

Non! (*Levant son verre.*) Je bois au bon petit peuple russe, que les mauvais bergers tiennent enchaîné.

LES INVITÉS

Au peuple russe!

DEMIDOFF

Vous le délivrerez, n'est-ce pas? Mon pauvre petit peuple, vous allez le délivrer?

TOUS

Nous le délivrerons! Nous le délivrerons!

Mirlitons.

DEMIDOFF

Merci. Je bois au déluge de fer et de feu qui s'abattra sur mon peuple!

TOUS

Au déluge! Au déluge!

DEMIDOFF, *à Georges.*

Qu'est-ce que je bois là?

GEORGES

De la vodka.

DEMIDOFF

Non!

GEORGES

Regarde.

Il prend la bouteille et la lui montre.

DEMIDOFF

Sauve qui peut! C'est de la vodka française! Je suis un traître!

GEORGES

Voyons, Demidoff!

DEMIDOFF

Tais-toi, militant! Tout Russe qui boit de la vodka française est un traître à son peuple : il faut m'exécuter. (*A tous.*) Allons! Qu'attendez-vous?

MADAME BOUNOUMI, *tentant de le calmer.*

Mon cher Demidoff, nous sommes bien loin d'y penser!

DEMIDOFF, *la repoussant.*

Alors, libérez-les tous, tous. Tous les Russes! S'il reste un survivant, un seul, il viendra pointer son doigt

sur ma poitrine et me dire : Fiodor Pétrovitch, tu bois
de la vodka française. (*Répondant à un interlocuteur
imaginaire.*) C'est de la faute d'Orloff, mon petit père :
je ne pouvais plus le supporter! (*Il boit.*) Je bois à la
bombe libératrice! (*Silence terrorisé. A Perdrière, menaçant.*) Bois, toi!

PERDRIÈRE

A la bombe!

DEMIDOFF, *menaçant.*

A quelle bombe?

PERDRIÈRE

Je ne sais pas, moi... A la bombe H.

DEMIDOFF

Putois! Chacal! Espères-tu nous faire croire qu'on
arrêtera l'histoire avec un pétard?

PERDRIÈRE

Mais je ne veux pas l'arrêter!

DEMIDOFF

Et moi, je veux qu'on l'arrête tout de suite. Parce
que je sais qui l'écrit! C'est mon petit peuple avec ses
mauvais bergers. Comprenez-vous? Orloff lui-même
écrit l'histoire et, moi, je suis tombé hors d'elle comme
un petit oiseau tombe du nid. (*Suivant des yeux un objet
invisible qui traverse la salle à une très grande vitesse.*)
Ce qu'elle va vite! Arrêtez-là! Arrêtez-là! (*Prenant un
verre.*) Je bois à la bombe Z qui fera sauter la terre. (*A
Perdrière.*) Bois!

PERDRIÈRE, *à demi étranglé.*

Non.

DEMIDOFF

Tu ne veux pas que la terre saute?

PERDRIÈRE

Non.

DEMIDOFF

Et comment arrêteras-tu l'histoire des hommes si tu ne détruis pas l'espèce humaine ? (*A la fenêtre.*) Regardez ! Regardez la lune. Autrefois, c'était une terre. Mais les capitalistes lunaires ont eu plus de cran que vous : quand ils ont compris que ça sentait le roussi, ils lui ont bouffé son atmosphère à coups de bombe au cobalt. C'est ce qui vous explique le silence des cieux : des millions de lunes roulent dans l'espace, millions d'horloges arrêtées au même moment de l'histoire. Il n'y en a plus qu'une pour faire tic tac du côté du soleil, mais, si vous avez du courage, ce bruit scandaleux va cesser. Je bois à la prochaine lune : à la Terre ! (*Georges tente de s'esquiver.*) Où vas-tu, militant ? Bois à la lune !

GEORGES

A la lune !

DEMIDOFF, *boit et recrache avec dégoût.*

Pouah ! (*A Georges.*) Tu te rends compte, militant ; je suis sur la lune future et j'y bois de la vodka française. Mesdames, Messieurs, je suis un traître ! L'histoire gagnera, je vais mourir et les enfants liront mon nom dans les livres : Demidoff le traître buvait de la vodka française chez Mme Bounoumi. J'ai tort, Mesdames et Messieurs, tort devant les siècles futurs. Levez vos verres, je me sens seul. (*A Perdrière.*) Toi, chacal, crie avec moi : Vive le processus historique !

PERDRIÈRE, *terrorisé.*

Vive le processus historique !

DEMIDOFF

Vive le processus historique qui m'écrasera comme une bouse et qui cassera les vieilles sociétés comme je casse cette table !

Il jette à terre la table du buffet. Terreur

SCÈNE XVIII

LES MÊMES, LES DEUX GARDES DU CORPS,
GOBLET, SIBILOT.

GEORGES, *ouvrant la porte de droite aux deux
Gardes du Corps.*

Il devient fou! Maîtrisez-le.

*Les gardes du corps se précipitent sur Demidoff
et tentent de le maîtriser. Georges va pour s'enfuir,
mais il se trouve nez à nez avec Goblet qui entre
par la porte de droite en portant Sibilot ivre-mort
sur ses épaules.*

GOBLET, *déposant Sibilot dans un fauteuil.*

Étends-toi, mon vieux. Attends, je vais te mettre une
compresse.

SIBILOT

Mon bon Goblet, tu es ma mère. (*Éclatant en sanglots.*)
J'ai trahi ma mère. Je l'ai attirée dans les cuisines pour
l'empêcher d'arrêter un escroc!

GOBLET, *se redressant.*

Quel escroc?

SIBILOT

Georges de Valera!

*Pendant ce temps, Georges fait un détour pour
atteindre la porte de droite sans passer devant
Sibilot et Goblet.*

GOBLET

Georges de Valera? Où est-il?

Georges a gagné la porte de droite.

SIBILOT, *le montrant du doigt.*

Là! Là! Là!

GOBLET

Nom de Dieu!

> *Il tire son revolver et s'élance à la poursuite de Georges en tirant des coups de feu.*

LES INVITÉS, *terrorisés.*

Les fusilleurs! Les fusilleurs!

DEMIDOFF, *extatique.*

Enfin! Enfin! Voilà l'Histoire!

> *Baudouin et Chapuis s'élancent à la poursuite de Goblet; Demidoff se débarrasse des gardes du corps et s'élance à la poursuite des inspecteurs; les gardes du corps se ressaisissent et s'élancent à sa poursuite.*

RIDEAU

SEPTIÈME TABLEAU

Décor : Le salon 1925 de Sibilot.

SCÈNE I

GEORGES, VÉRONIQUE.

C'est la nuit. Georges entre par la fenêtre. Véronique entre à son tour et donne la lumière. Elle porte les mêmes vêtements qu'au III et s'apprête à sortir. Georges se place derrière elle, les mains levées, en souriant.

GEORGES

Bonsoir.

VÉRONIQUE, *se retournant.*

Tiens! Nekrassov.

GEORGES

Il est mort. Appelle-moi Georges et tire les rideaux. (*Il baisse les mains.*) Tu ne m'as jamais dit ton nom, fillette.

VÉRONIQUE

Véronique.

GEORGES

Douce France! (*Il se laisse tomber dans un fauteuil.*) J'étais assis dans ce même fauteuil, tu t'apprêtais à sortir, des flics rôdaient autour de la maison : tout

18

recommence. Comme j'étais jeune! (*Prêtant l'oreille.*)
Un coup de sifflet?

VÉRONIQUE

Non. Tu es poursuivi?

GEORGES

Depuis l'âge de vingt ans. (*Un temps.*) Je viens de les
semer. Oh! pas pour longtemps.

VÉRONIQUE

S'ils venaient ici?

GEORGES

Ils viendront. Goblet par habitude, et la D. T. par
flair. Mais pas avant dix minutes.

VÉRONIQUE

Tu t'es mis la D. T. sur le dos?

GEORGES

L'inspecteur Baudouin et l'inspecteur Chapuis. Tu
connais?

VÉRONIQUE

Non. Mais je connais la D. T. Tu es en danger.

GEORGES, *ironiquement.*

Un peu!

VÉRONIQUE

Ne reste pas ici.

GEORGES

Il faut que je te parle.

VÉRONIQUE

De toi?

GEORGES

De tes amis.

VÉRONIQUE

Je te reverrai demain : où tu voudras, à l'heure que
tu voudras. Mais file!

GEORGES, *secouant la tête.*

Si je te quitte, tu ne me reverras plus : ils vont
m'épingler. (*Sur un geste de Véronique.*) Ne discute pas :
ce sont des choses qu'on sent lorsqu'on est du métier.
D'ailleurs, où veux-tu que j'aille? Je n'ai pas un ami
pour me cacher. A minuit, un type en smoking passe
inaperçu ; mais attends demain, au soleil de midi...
(*Saisi d'une idée.*) Les vieux complets de ton père, où
sont-ils?

VÉRONIQUE

Il les a donnés au concierge.

GEORGES

Et les neufs?

VÉRONIQUE

Ils ne sont pas prêts, sauf celui qu'il porte.

GEORGES

Tu vois : la chance m'a quitté. Véronique, mon étoile
est morte, mon génie s'obscurcit : je suis fait. (*Il marche.*)
On arrêtera quelqu'un cette nuit, sois-en sûre. Mais qui?
Qui arrêtera-t-on, peux-tu me le dire? Goblet court
après Valera et la D. T. après Nekrassov. Le premier
qui met la main sur moi, je deviens ce qu'il veut que je
sois. Pour qui paries-tu? P. J. ou D. T.? Georges ou
Nikita?

VÉRONIQUE

Je parie pour la D. T.

GEORGES

Moi aussi. (*Un temps.*) Préviens Maistre et Duval.

VÉRONIQUE

De quoi veux-tu les prévenir

GEORGES

Écoute, mon enfant, et tâche de comprendre. (*Patiemment.*) Qu'est-ce qu'elle va faire de moi, la Défense du Territoire? Me mettre en taule? Pas si folle : Nekrassov est l'hôte de la France. On aura loué pour moi quelque villa de banlieue, un peu solitaire, avec de belles chambres ensoleillées. On m'installera dans la plus belle de ces chambres et j'y garderai le lit nuit et jour. Parce que Nekrassov est très affaibli, le pauvre; il a tant souffert. Ce qui n'empêchera pas ton père de poursuivre le cours de mes révélations sensationnelles : il a pris le ton et peut les fabriquer sans moi. (*Imitant le crieur de journaux.*) « Maistre et Duval se rendaient à Moscou en cachette. Nekrassov les payait en dollars! » C'est ce qu'on appelle, je crois, créer le climat psychologique : quand on les aura bien traînés dans la boue, le public trouvera naturel qu'on les accuse de trahison.

VÉRONIQUE

Les articles de mon père, le tribunal s'en moque : il lui faut des témoins.

GEORGES

Sais-tu si je n'irai pas témoigner?

VÉRONIQUE

Toi?

GEORGES

Oui. Moi. Sur une civière. Je n'aime pas les coups, fillette. Si j'en prends tous les jours, je finirai par me lasser.

VÉRONIQUE

Tu crois qu'ils cogneront?

GEORGES

Ils vont se gêner! (*Un temps.*) Oh! tu peux me mépriser : je suis trop artiste pour avoir du courage physique.

VÉRONIQUE

Je ne te méprise pas. Et qui te parle de courage physique? Il suffit de savoir ce que tu préfères?

GEORGES

Si je le savais!

VÉRONIQUE

Tu ne voudrais pas devenir une donneuse?

GEORGES

Non, mais je n'aimerais pas non plus qu'on m'abîmât le portrait : allez donc choisir!

VÉRONIQUE

Tu as beaucoup trop d'orgueil pour parler.

GEORGES

Ai-je encore de l'orgueil?

VÉRONIQUE

Tu en crèves!

GEORGES

Le ciel t'entende! N'empêche : je serais drôlement soulagé si je savais Duval et Maistre hors d'atteinte.

VÉRONIQUE

Qu'est-ce que cela changerait?

GEORGES

Si j'en ai marre, je peux les charger : de toute façon, je sais qu'ils n'iront pas en taule.

VÉRONIQUE

Si tu les charges, ils seront condamnés.

GEORGES

La condamnation, ça ne compte pas, puisqu'on ne pourra pas les boucler.

VÉRONIQUE, *désarmée.*

Mon pauvre Georges!

GEORGES, *sans l'écouter.*

Tu as compris, la môme : je disparais ; toi, va leur dire de se barrer.

VÉRONIQUE

Ils ne se barreront pas.

GEORGES

Avec les flics sur les reins et cinq ans de taule qui leur pendent au nez ? Tu es cinglée.

VÉRONIQUE

Ils ne se barreront pas parce qu'ils sont innocents.

GEORGES

Et moi, tu me pressais de fuir parce que je suis coupable? La belle logique! Si l'on t'écoutait, tous les coupables de France iraient pêcher la truite pendant que les innocents moisiraient en prison.

VÉRONIQUE

C'est à peu près ce qui se passe.

GEORGES

Pas de boniments, souris : la vérité c'est que vous les laissez tomber!

VÉRONIQUE

Attends qu'on les arrête et tu verras.

GEORGES

C'est tout vu : vous irez gueuler dans les rues. Affiches, meetings, cortèges : une vraie kermesse. Et vos deux camarades, où seront-ils? En cellule. Parbleu : votre intérêt, c'est qu'on les y garde le plus longtemps possible. (*Il rit.*) Et moi, pauvre idiot qui me jette dans la gueule du loup pour les prévenir. Les prévenir ? Mais

c'est que vous n'y tenez pas du tout, vous autres!
Quelle gaffe! Je ne vous blâme pas : chacun pour soi.
Seulement, vous me dégoûtez tout de même un petit peu :
parce que je vais y aller, moi, en taule ; et je me sens
solidaire des deux pauvres gars que vous sacrifiez.
(*Véronique forme un numéro de téléphone.*) Qu'est-ce
que tu fais?

VÉRONIQUE, *à l'appareil.*

C'est toi, Robert? Je te passe un type qui veut te
parler. (*A Georges.*) C'est Duval.

GEORGES

Sa ligne est peut-être surveillée.

VÉRONIQUE

Aucune importance.

Elle lui tend l'appareil.

GEORGES, *au téléphone.*

Allô, Duval? Écoutez-moi bien, mon vieux : vous
serez arrêté demain, après-demain au plus tard, et
très probablement condamné. Vous n'avez même pas
le temps de faire votre valise : foutez le camp dès que
vous aurez raccroché. Hein? Oh! Oh! Oh! (*Reposant
l'appareil.*) Mais c'est qu'il m'engueule!

VÉRONIQUE, *à l'appareil.*

Non, Robert, non : calme-toi ; ce n'est pas un provo-
cateur. Mais non : rien du tout. On t'expliquera. (*A
Georges.*) Veux-tu que j'appelle Maistre?

GEORGES

N'en fais rien : j'ai compris. (*Il se met à rire.*) C'était
la première fois de ma vie que je voulais rendre service.
Ce sera très certainement la dernière. (*Un temps.*) Je
n'ai plus qu'à m'en aller. Bonsoir et toutes mes excuses!

VÉRONIQUE

Bonsoir.

GEORGES, *explosant brusquement.*

Ce sont des crétins, voilà tout! De pauvres types sans
imagination! Ils ne se doutent même pas de ce que c'est
que la taule! Moi, je le sais.

VÉRONIQUE

Tu n'y as pas été.

GEORGES

Non, mais je suis poète. La prison colle à moi depuis
ce soir et je la sens dans mes os. Savent-ils qu'on a deux
chances sur cinq d'en sortir tubard?

VÉRONIQUE

Duval y est entré le 17 octobre 1939. Il en est sorti
le 30 août 1944. Tubard.

GEORGES

Alors il est inexcusable.

VÉRONIQUE

Mais non, mon petit Georges, il fait comme toi : il
suit son intérêt.

GEORGES

Son intérêt ou le vôtre?

VÉRONIQUE

Le sien, le mien, le nôtre : il n'y en a qu'un. Toi, tu
n'es pas grand-chose de plus que ta peau : tu veux la
sauver, rien de plus naturel. Duval tient à sa peau,
mais il n'y pense pas tous les jours. Il a son Parti, son
activité, ses lecteurs : s'il veut sauver *tout* ce qu'il est,
il faut qu'il reste.

Un temps.

GEORGES, *avec violence.*

Sales égoïstes!

VÉRONIQUE

Plaît-il ?

GEORGES

Tout le monde sera content : il aura sa couronne
d'épines et vous aurez vos kermesses. Mais moi, bande
de salauds, moi, qu'est-ce que je deviens dans tout
cela ? Un traître, une mouche, une donneuse !

VÉRONIQUE

Tu n'as qu'à...

GEORGES

Rien du tout ! Je serai ligoté sur un lit de sangle,
les poulets me fileront la correction trois fois par jour ;
de temps en temps, histoire de reprendre haleine, ils
me demanderont : « Témoigneras-tu ? » ; je serai coincé :
les cloches sonneront sous mon crâne, ma tête sera plus
grosse qu'une citrouille, je penserai à ces deux martyrs,
à ces deux purs qui me jouent le sale tour de ne pas
s'enfuir et je me dirai : « Si tu flanches, ils en ont pour
cinq berges. » Si je flanche ? Parbleu ! vous serez tous
trop contents. Pas de Christ sans Judas, hein ? Tiens,
pauvre Judas, en voilà un qui devait en avoir gros
sur le cœur. Je le comprends, moi, cet homme. Et je
l'honore. Si je ne flanche pas... Eh bien ! c'est encore
pour vous que je les reçois, les tripotées. Et quelle sera
ma récompense ? Des crachats : ton père aura rempli
Soir à Paris de mes fausses déclarations, vos canards
célébreront en même temps l'acquittement de Duval
et la défaite ignominieuse du calomniateur Nekrassov.
Vous porterez vos amis en triomphe et, du même pas,
vos joyeuses cohortes me marcheront sur la gueule.
Manœuvré ! Manœuvré comme un enfant ! Et par tout
le monde ! Là-bas, j'étais l'instrument de la haine ;
ici, je suis l'instrument de l'histoire ! (*Un temps.*) Véronique ! Si tu leur expliquais mon cas, à tes copains,
peut-être qu'ils auraient la bonté de s'enfuir ?

VÉRONIQUE

J'ai peur que non.

GEORGES

Les salauds! Tiens! je devrais me tuer sous tes yeux et souiller de sang ton parquet. Tu as de la chance que je n'en aie plus le courage. (*Il se rassied.*) Je ne comprends plus rien à rien. J'avais ma petite philosophie, elle m'aidait à vivre : j'ai tout perdu, même mes principes. Ah! je n'aurais jamais dû faire de politique!

VÉRONIQUE

Va-t'en, Georges, va-t'en. Nous ne te demandons rien, tu ne dois rien à personne. Mais va-t'en.

GEORGES, *à la fenêtre, entr'ouvre les rideaux.*

La nuit. Les rues désertes. Il faudra raser les murs jusqu'au matin. Après... (*Un temps.*) Tu veux la vérité? Je suis venu me faire prendre ici. Quand on entre dans les ordres, cela compte, la dernière tête humaine qu'on voit : on se la rappelle longtemps. J'ai voulu que ce soit la tienne. (*Véronique sourit.*) Tu devrais sourire plus souvent. Cela t'embellit.

VÉRONIQUE

Je souris aux gens qui me plaisent.

GEORGES

Je n'ai rien pour te plaire et tu ne me plais pas. (*Un temps.*) Si je pouvais empêcher ces lascars d'aller en taule, quel bon tour je vous jouerais à tous. (*Il marche.*) Au secours, mon génie! Montre-moi que tu existes encore!

VÉRONIQUE

Le génie, tu sais...

GEORGES

Silence! (*Il tourne le dos à Véronique et s'incline.*) Merci! Merci! (*Sur Véronique.*) J'ai le regret de t'annoncer que tes petits amis ne seront pas arrêtés. Adieu les kermesses et la palme du martyre. Mme Castagnié retrouvera son emploi et qui sait si les cent mille voix de Perdrière ne se reporteront pas dimanche sur le candidat communiste! Je vous montrerai, moi, si l'on peut tirer mes ficelles à volonté.

VÉRONIQUE, *haussant les épaules.*

Tu ne peux rien faire.

GEORGES

Trouve quelqu'un pour me cacher. Demain, tu viens me voir et je t'accorde une interview en exclusivité mondiale.

VÉRONIQUE

Encore!

GEORGES

Tu n'en veux pas?

VÉRONIQUE

Non...

GEORGES

J'avais un beau titre, pourtant : « Comment je suis devenu Nekrassov, par Georges de Valera. »

VÉRONIQUE

Georges!

GEORGES

Je reste quinze jours chez ton copain : photographiez-moi sur toutes les coutures, avec et sans bandeau. Je les connais tous, les Palotin, les Nerciat, les Mouton : je ferais des révélations irréfutables.

VÉRONIQUE

Après le premier article, ils nous enverront la police. Si nous refusons de te livrer, ils écriront partout que ton témoignage est inventé.

GEORGES

Après le premier article, tu crois qu'ils oseront m'arrêter? J'en sais trop. Et puis, quoi? S'ils insistent,

donnez mon adresse. Vous m'embêtez, avec vos martyrs : s'il en faut un, pourquoi pas moi ?

VÉRONIQUE

Tu vois bien que tu crèves d'orgueil.

GEORGES

Oui. (*Un temps.*) Pour l'interview, tu es d'accord ?
(*Elle l'embrasse.*) Garde tes distances. (*Il rit.*) J'ai fini
par gagner : il publiera la prose d'un escroc, ton journal
progressiste. Moi, cela ne me changera guère : je dictais
au papa, je dicterai à sa fille.

> *Baudouin et Chapuis entrent par la fenêtre.*

SCÈNE II

GEORGES, VÉRONIQUE, BAUDOUIN, CHAPUIS.

CHAPUIS

Bonjour, Nikita !

BAUDOUIN

L'inspecteur Goblet te cherche.

CHAPUIS

Mais ne crains rien : nous allons te protéger.

VÉRONIQUE

Tout est perdu !

GEORGES

Qui sait ? J'ai retrouvé mon génie ; peut-être que
mon étoile n'est pas morte.

BAUDOUIN

Viens avec nous, Nikita. Tu es en danger.

CHAPUIS

Cette fille fréquente les communistes.

BAUDOUIN

Peut-être qu'ils l'ont chargée de t'assassiner.

GEORGES

Je suis Georges de Valera, l'escroc, et je demande qu'on me remette aux mains de l'inspecteur Goblet.

CHAPUIS, *à Véronique.*

Pauvre Nikita!

BAUDOUIN, *à Véronique.*

Tes amis russes viennent d'emprisonner sa femme et ses grands fils.

CHAPUIS, *à Véronique.*

La douleur l'égare et le fait déraisonner.

> *Baudouin va à la porte d'entrée et l'ouvre. Deux infirmiers entrent.*

SCÈNE III

LES MÊMES, DEUX INFIRMIERS.

BAUDOUIN, *aux infirmiers.*

Le voilà. Soyez bien doux.

CHAPUIS

Tu as besoin de repos, Nikita.

BAUDOUIN

Ces messieurs vont te conduire dans une jolie clinique.

CHAPUIS

Avec un beau jardin ensoleillé.

GEORGES, *à Véronique.*

Tu vois ce qu'ils ont trouvé : c'est encore plus malin que la villa de banlieue.

BAUDOUIN, *aux infirmiers.*

Enlevez le paquet!

> *Les infirmiers s'approchent en laissant la porte ouverte. Ils empoignent Georges. Entre Goblet.*

SCÈNE IV

LES MÊMES, GOBLET.

GOBLET

Naturellement, Messieurs, Mesdames, vous 'avez pas vu un homme d'un mètre soixante-dix-huit...

GEORGES, *d'une voix forte.*

Ici, Goblet! Je suis Georges de Valera!

GOBLET

Valera!

GEORGES

J'avoue cent deux escroqueries! Tu seras inspecteur principal avant la fin de l'année.

GOBLET, *fasciné, s'avançant.*

Valera!

BAUDOUIN, *lui barrant la route.*

Erreur, collègue : c'est Nekrassov!

GOBLET, *l'évite et se jette sur Georges qu'il tire par un bras.*

Voilà des années que je le cherche!

CHAPUIS, *tirant Georges par l'autre bras.*

On te dit que c'est un fou qui se prend pour Valera!

GOBLET, *tirant sur le bras de Georges.*

Lâchez-le! C'est mon bien, c'est ma vie, c'est mon homme, c'est ma proie!

CHAPUIS, *tirant.*

Lâche-le toi-même!

GOBLET

Jamais!

BAUDOUIN

Nous te ferons mettre à pied!

GOBLET

Essayez donc : il y aura du bruit!

GEORGES

Courage, Goblet! Je suis avec toi!

BAUDOUIN, *aux infirmiers.*

Embarquez-les tous les deux!

Les infirmiers se jettent sur Georges et Goblet.

VÉRONIQUE

Au secours!

Chapuis la bâillonne avec sa main, elle se débat violemment. A cet instant, Demidoff paraît, fou furieux.

SCÈNE V

LES MÊMES, DEMIDOFF.

DEMIDOFF

Où est mon militant?

GEORGES

A moi, Demidoff!

DEMIDOFF

Mon militant, nom de Dieu! Rendez-moi mon militant! Je veux mon militant!

BAUDOUIN, *à Demidoff.*

De quoi je me mêle ?

DEMIDOFF

De quoi je me mêle ? Tiens ! (*Il le descend. Les autres se jettent sur lui.*) Vive le parti bolchevik-bolchevik. Tiens ferme, militant ! A bas les flics ! (*Il descend un infirmier.*) Ah ! vous vouliez fractionner le parti bolchevik-bolchevik ! (*Il descend Chapuis.*) Ah ! vous tentiez d'arrêter la Révolution en marche ! (*Il descend Goblet. Georges et Véronique se consultent du regard et s'enfuient par la fenêtre. Demidoff descend l'autre infirmier, regarde autour de lui et sort par la porte en criant.*) Tiens bon, militant, j'arrive !

GOBLET, *se redresse mélancoliquement.*

J'avais bien dit que je ne l'arrêterais pas.

Il retombe évanoui.

RIDEAU

HUITIÈME TABLEAU

*Décor : Le bureau de Palotin. C'est l'aube. Lumière
grise. Les lampes sont allumées.*

NERCIAT

CHARIVET

(Il tend sa main.)

NERCIAT

CHARIVET (bas à NERCIAT.)

SCÈNE I

NERCIAT, CHARIVET, BERGERAT,
LERMINIER, JULES.

*Nerciat porte un bonnet de papier; Bergerat souffle
dans un mirliton; Charivet et Lerminier sont assis, acca-
blés; des serpentins s'entortillent autour de leurs smokings.
Jules marche, un peu à l'écart. Tous ont l'air las et
sinistre. Ils portent l'insigne des Futurs Fusillés : de
larges cocardes sur lesquelles le spectateur peut voir en
lettres dorées : F. F. — Au cours du tableau, la scène
s'éclairera peu à peu ; le soleil illuminera franchement
le bureau après le départ de Jules.*

CHARIVET

J'ai mal au crâne!

LERMINIER

Moi aussi!

BERGERAT

Moi aussi!

NERCIAT, *sec.*

Moi aussi, chers amis. Et après?

CHARIVET

Je veux me coucher.

NERCIAT

Non, Charivet, non! Nous attendons Nekrassov et vous l'attendrez avec nous!

CHARIVET

Nekrassov! Il court encore!

NERCIAT

On nous a promis de le ramener avant l'aube.

CHARIVET, *montrant la fenêtre.*

Avant l'aube? La voici.

NERCIAT

Justement ; tout sera bientôt fini.

CHARIVET, *s'est approché de la fenêtre.*
Il recule avec dégoût.

Quelle horreur!

NERCIAT

Quoi donc?

CHARIVET

L'aube! Je ne l'avais pas revue depuis vingt-cinq ans : ce qu'elle a pu vieillir! *(Un temps.)*

NERCIAT

Chers amis... *(Bergerat souffle dans son mirliton.)* Pour l'amour de Dieu, Bergerat, ne soufflez plus dans ce mirliton!

BERGERAT

C'est une trompette.

NERCIAT, *patient.*

Je l'admets, cher ami. Me ferez-vous le plaisir de la jeter?

BERGERAT, *indigné.*

Jeter ma trompette! *(Après réflexion.)* Je la jetterai si vous ôtez votre bonnet de papier.

NERCIAT, *stupéfait.*

Mon... ? Vous êtes ivre, mon cher. *(Il porte la main à sa tête et touche le bonnet.)* Ah!... *(Il jette le bonnet avec dépit et se redresse.)* Un peu de tenue, Messieurs! Nous siégeons. Débarrassez-vous de ces serpentins. *(Bergerat pose son mirliton sur le bureau. Les autres se brossent.)* Bien! *(Jules, qui n'a cessé de marcher, plongé dans ses préoccupations, va au bureau, l'ouvre, y prend une bouteille d'alcool et un verre. Il va pour se verser à boire.)* Ah! non, cher ami! Pas vous! Je croyais que vous ne buviez jamais.

JULES

Je bois pour oublier.

NERCIAT

Pour oublier quoi?

JULES

Pour oublier que je tiens la plus belle information de ma carrière et qu'il m'est interdit de la publier. « Nekrassov était Valera. » Hein? Ça vous a de la gueule! Deux hommes célèbres en un, un gros titre qui en vaut deux. La Philippine du journalisme.

NERCIAT

Vous êtes inconscient, mon cher.

JULES

Je rêvais. *(Il marche.)* Être un quotidien de gauche : pour un jour! Pour un seul jour! Quel gros titre! *(Il s'arrête, extatique.)* Je le vois : il couvre toute la Une, il s'étend à la Deux, envahit la Trois...

NERCIAT

En voilà assez!

JULES

Bon, bon! *(Douloureusement.)* Après la bataille de Tsoushima, un cas de conscience analogue s'est posé au directeur d'un grand journal japonais : il a fait hara-kiri.

NERCIAT

Ne regrettez rien, mon ami. Nekrassov est Nekrassov ; il a pris la fuite tout à l'heure, parce qu'il s'est cru l'objet d'un attentat communiste. (*Les yeux dans les yeux de Jules.*) Voilà la vérité.

JULES, *soupirant.*

Elle est moins belle que le rêve. (*On frappe.*) Entrez !

SCÈNE II

LES MÊMES, BAUDOUIN *et* CHAPUIS.

Les deux inspecteurs ont la tête entourée de bandages. Chapuis porte le bras en écharpe. Baudouin s'appuie sur des béquilles.

TOUS

Enfin !

NERCIAT

Où est-il ?

BAUDOUIN

Nous l'avons surpris chez Sibilot...

CHAPUIS

En conversation galante avec une communiste...

JULES

Avec une... Sensationnel !

Il va pour décrocher le téléphone, Nerciat l'arrête.

NERCIAT, *aux inspecteurs.*

Continuez !

BAUDOUIN

Il s'apprêtait à vendre des informations à *Libérateur*.

CHAPUIS

« Comment je suis devenu Nekrassov, par Georges de Valera. »

JULES

A *Libérateur*?

BERGERAT

Par Georges de Valera?

CHARIVET

Nous l'avons échappé belle!

NERCIAT

Naturellement, vous l'avez appréhendé?

CHAPUIS

Naturellement.

TOUS, *sauf Jules qui rêve.*

Bravo! Messieurs! Bravo!

CHARIVET

Enfermez-le dans une forteresse!

LERMINIER

Déportez-le à l'île du Diable!

BERGERAT

Faites-lui porter un masque de fer.

BAUDOUIN

C'est que...

Il hésite.

NERCIAT

Parlez, voyons! Parlez!

CHAPUIS

Nous l'avions maîtrisé lorsqu'une vingtaine de communistes...

BAUDOUIN

... se sont jetés sur nous et nous ont assommés.

CHAPUIS, *montrant ses bandages.*

Voyez nos plaies.

NERCIAT

Oui, oui... Et Nekrassov?

CHAPUIS

Il... s'est enfui... avec eux.

LERMINIER

Imbéciles!

CHARIVET

Crétins!

BERGERAT

Idiots!

BAUDOUIN, *montrant ses béquilles.*

Messieurs, nous sommes victimes du devoir.

NERCIAT

Vous ne l'êtes pas assez et je regrette qu'on ne vous ait pas cassé les reins. Nous nous plaindrons au Président du Conseil!

BERGERAT

Et à Jean-Paul David!

NERCIAT

Sortez!   *Ils sortent.*

SCÈNE III

LES MÊMES, *moins* BAUDOUIN *et* CHAPUIS.

BERGERAT, *tristement, ôte sa cocarde
et la regarde.*

Fini!

> *Il la jette.*

LERMINIER, *même jeu.*

Fini!

CHARIVET, *même jeu.*

Nous mourrons dans notre lit!

> *Un silence.*

JULES, *à lui-même, avec mélancolie.*

Il a de la chance!

NERCIAT

Qui?

JULES

Mon confrère de *Libérateur.*

NERCIAT, *violemment.*

Assez! (*Il prend la bouteille et le verre de Jules et les
jette sur le sol. Aux trois autres.*) Du cran, chers amis!
Envisageons l'avenir avec lucidité.

BERGERAT

Il n'y a plus d'avenir. Demain, c'est l'exécution
capitale : *Libérateur* publiera la confession de Valera
et nos concurrents du soir se feront un plaisir de la
reproduire *in extenso.* Nous allons sombrer dans le
ridicule.

CHARIVET

Dans l'odieux, cher ami! Dans l'odieux!

LERMINIER

On nous accusera d'avoir fait le jeu des communistes!

BERGERAT

Nous sommes ruinés et déshonorés.

CHARIVET

Je veux me coucher! Je veux me coucher!

Il va pour sortir. Nerciat le retient.

NERCIAT

Quelle rage de vous mettre au lit. Rien ne presse puisque vous êtes sûr d'y mourir. (*Bergerat souffle dans son mirliton.*) Et vous, cher ami, pour la dernière fois, laissez ce mir... cette trompette!

BERGERAT

J'ai tout de même le droit de puiser mes consolations dans la musique! (*Sous le regard de Nerciat.*) Bon, bon!

Il jette son mirliton.

NERCIAT, *à tous.*

Rien n'est perdu, mais il faut réfléchir. Comment sauver le journal?

Long silence.

JULES

Si je pouvais me permettre...

NERCIAT

Parlez!

JULES

Prenons *Libérateur* de vitesse et publions la nouvelle dans notre numéro de cet après-midi.

NERCIAT

Hein?

JULES, *récitant son gros titre.*

« Plus fort qu'Arsène Lupin, Valera dupe la France entière. »

NERCIAT

Je vous prie de vous taire.

JULES

Nous vendrions trois millions d'exemplaires.

TOUS

Assez! Assez! Assez!

JULES

Bon! Bon! (*Il soupire.*) Le voilà bien, le supplice de Tantale!

Un temps.

NERCIAT

A la réflexion, je retiens la proposition de Palotin. Mais je la complète : nos révélations déchaîneront la colère du public...

BERGERAT

Hélas!

NERCIAT

Apaisons-le par un sacrifice humain. Nous dirons que notre bonne foi a été surprise; l'un de nous prendra toute la faute sur lui. Nous dénoncerons dans le journal sa légèreté criminelle et nous le chasserons ignominieusement.

Un silence

CHARIVET

A qui pensez-vous?

NERCIAT

Le Conseil d'Administration ne s'occupe pas de l'information proprement dite. Aucun de ses membres n'est coupable.

TOUS

Bravo!

> *Ils applaudissent.*

JULES, *cessant d'applaudir.*

Dans ce cas-là je ne vois pas... (*Il s'interrompt. Tous le regardent. Il marche. Les regards le suivent.*) Pourquoi me regardez-vous?

NERCIAT, *s'approchant de lui.*

Mon cher Palotin, du courage!

BERGERAT

Ce journal, nous le considérons un peu comme votre enfant.

CHARIVET

Ce n'est pas la première fois qu'un père aura donné sa vie contre celle de son fils.

JULES

Ah! Ah! vous voulez que... (*Un temps.*) J'accepte.

TOUS

Bravo!

JULES

J'accepte, mais cela ne servira guère : que suis-je? Un modeste employé, le public ignore jusqu'à mon nom. Pour frapper les esprits, un conseil : sacrifiez plutôt votre Président.

BERGERAT, *frappé.*

Hé!

LERMINIER

Hé! Hé!

CHARIVET

Palotin n'a pas tout à fait tort!

NERCIAT

Cher ami...

CHARIVET

Ah! vous feriez un beau geste!

NERCIAT

Et vous me remplaceriez à la Présidence? Je regrette, mais c'est Palotin qui nous a présenté Valera.

CHARIVET

Oui, mais vous avez accepté ses dires sans contrôle.

NERCIAT

Vous aussi.

CHARIVET

Je ne présidais pas le Conseil.

NERCIAT

Moi non plus. Le Président, c'était Mouton.

CHARIVET, *marchant sur Nerciat.*

Mouton se méfiait, le pauvre cher homme!

LERMINIER, *marchant sur Nerciat.*

Ce n'est pas sa faute si nous sommes tombés dans le piège.

BERGERAT

C'est vous, Nerciat, c'est vous qui l'avez chassé par vos intrigues.

Nerciat, en reculant, vient heurter la valise.

CHARIVET, *dans un cri.*

Attention!

NERCIAT, *se retournant.*

Hé?

TOUS

La valise!

> *Ils la considèrent avec terreur. Puis, brusquement, la colère les prend.*

NERCIAT, *à la valise.*

Saloperie!

> *Il donne un coup de pied dans la valise.*

BERGERAT, *à la valise.*

Je t'en foutrai, moi, de la poudre radio-active!

Coup de pied.

CHARIVET, *montrant la valise.*

C'est elle qui est cause de tout!

LERMINIER

A mort, le Valera!

Coup de pied.

TOUS

A mort! A mort!

> *Ils donnent des coups de pied à la valise. Mouton entre, suivi de Sibilot.*

SCÈNE IV

LES MÊMES, MOUTON, SIBILOT.

MOUTON

Bravo, Messieurs : prenez de l'exercice ; c'est de votre âge.

NERCIAT

Mouton!

TOUS

Mouton! Mouton!

Tableau VIII. scène IV   303

MOUTON

Oui, mes amis ; Mouton, votre ancien Président, à qui l'honnête Sibilot vient de tout avouer. Entrez, Sibilot, n'ayez pas peur !

SIBILOT, *entrant.*

Je demande pardon à tout le monde.

JULES

Espèce d'abruti.

MOUTON

Silence ! Mon brave Sibilot, ne vous excusez pas ; vous nous avez rendu un fier service ; si nous sauvons le journal, ce sera grâce à vous.

CHARIVET

Peut-on le sauver ?

MOUTON

Si j'en doutais, serais-je parmi vous ?

BERGERAT

Et vous avez le moyen ?

MOUTON

Oui.

CHARIVET, *lui prenant la main.*

Nous avons été criminels...

BERGERAT

Comment pardonnerez-vous...

MOUTON

Je ne pardonne jamais : j'oublie quand on sait me faire oublier. *Soir à Paris* est un bien culturel ; s'il disparaît, la France s'appauvrit : voilà pourquoi j'impose silence à mes rancunes.

CHARIVET

Que proposez-vous ?

MOUTON

Je ne propose rien : j'exige.

BERGERAT

Exigez !

MOUTON, *première exigence.*

Il va de soi que je suis toujours votre Président.

NERCIAT

Permettez, cher ami, un vote régulier a eu lieu...

MOUTON, *aux autres.*

Ne pensez qu'au journal. Si Nerciat peut le sauver, je me retire.

CHARIVET

Nerciat ? C'est un incapable.

NERCIAT

Je tiens à dire...

TOUS, *sauf Jules et Mouton.*

Démission ! Démission !

Nerciat hausse les épaules et se retire du groupe.

MOUTON, *deuxième exigence.*

Vous avez renvoyé sept collaborateurs innocents. J'entends qu'on les réintègre et qu'on les dédommage.

LERMINIER

Bien entendu !

MOUTON

J'en arrive à l'essentiel. Messieurs, depuis un an, le journal glissait sur une mauvaise pente : nous ne songions qu'à augmenter la vente ; le personnel se lançait

dans la recherche frénétique de l'information sensa-
tionnelle. Nous avions oublié notre belle et sévère devise :
la Vérité toute nue.

Il montre l'affiche au mur.

LERMINIER

Hélas!

MOUTON

D'où vient le mal? Ah! Messieurs, c'est que nous
avions confié la direction de notre quotidien à un aven-
turier, à un homme sans principes et sans moralité :
j'ai nommé Palotin.

JULES

Nous y voilà! Parbleu : vous avez toujours voulu
ma perte!

MOUTON

Messieurs, c'est à choisir : lui ou moi!

TOUS

Vous! Vous!

JULES

J'étais le cœur du journal, on me sentait battre à
toutes les lignes. Que ferez-vous, malheureux, sans
le Napoléon de la Presse objective?

MOUTON

Qu'a fait la France, après Waterloo? Elle a vécu,
Monsieur. Nous vivrons.

JULES

Mal! Méfiez-vous! (*Désignant Mouton.*) Voici Louis
XVIII. Voici la Restauration. Moi je pars pour Sainte-
Hélène. Mais craignez les Révolutions de Juillet!

MOUTON

Sortez!

JULES

Avec joie! Croupissez, Messieurs! Croupissez! Depuis ce matin, l'actualité est à gauche. A gauche, la sensation quotidienne! A gauche, le frisson nouveau! Et, puisqu'ils sont à gauche, je vais les y rejoindre. Je fonderai un quotidien progressiste qui vous ruinera!

SIBILOT

Patron! Patron! Je vous demande pardon : le mensonge m'étouffait, je...

JULES

Arrière, Judas! Va te pendre!

Il sort.

SCÈNE V

LES MÊMES, *moins* JULES.

MOUTON

Ne regrettez rien : c'est une opération de salubrité publique. (*Montrant la fenêtre.*) Voyez : Palotin nous quitte et le soleil paraît. Nous dirons la vérité, Messieurs, nous la crierons sur les toits. Quel beau métier que le nôtre! Notre journal et le soleil ont la même mission : éclairer les hommes. (*Il s'approche d'eux.*) Jurez de dire la vérité. Toute la vérité. La seule vérité.

TOUS

Je le jure.

MOUTON

Approchez, Sibilot. C'est à ce grand honnête homme, c'est à notre sauveur que je vous demande de confier la direction du journal.

SIBILOT

A moi?

Il défaille.

MOUTON

Voici mon plan. J'ai téléphoné tout à l'heure au Ministre ; naturellement il abandonne la poursuite contre Duval et Maistre ; le terrain n'est pas sûr.

CHARIVET

Il doit être furieux.

MOUTON

Il l'était mais je l'ai calmé ; nous avons convenu des mesures à prendre. Demain à l'aube, trois mille personnes vont se masser devant l'ambassade soviétique. A dix heures, elles seront trente mille. Le service d'ordre sera débordé trois fois et l'on cassera dix-sept carreaux. A quinze heures, une demande d'interpellation sera déposée à l'Assemblée par un député de la majorité : il réclamera qu'on perquisitionne à l'ambassade.

CHARIVET

Vous ne craignez pas qu'un incident diplomatique...

MOUTON

Je le souhaite.

CHARIVET

Nous risquons un conflit !

MOUTON

Pensez-vous : l'U. R. S. S. et la France n'ont pas de frontière commune.

NERCIAT

A quoi tout cela rime-t-il et pourquoi faire tout ce bruit ?

MOUTON

Pour couvrir à l'avance le bruit que fera *Libérateur*. Car c'est nous, chers amis, qui donnerons le signal de la danse. La fureur populaire et les manifestations antisoviétiques, c'est notre numéro d'aujourd'hui qui va les provoquer. (*Il secoue Sibilot.*) Sibilot !

SIBILOT, *reprenant ses esprits.*

Hé ?

MOUTON

Au travail, mon ami. Il faut remanier la Une. Mettez-moi d'abord en surtitre : « Georges de Valera se vend aux communistes. » Que le gros titre occupe la moitié de la page : « Nekrassov enlevé par les Soviets au cours d'une réception chez Mme Bounoumi. » Et vous termi-nez par ce sous-titre : « Après avoir passé douze heures dans les caves de l'ambassade, le malheureux aurait été expédié à Moscou dans une malle. » Compris ?

SIBILOT

Oui, monsieur le Président.

MOUTON

Prenez six colonnes et développez à votre fantaisie.

CHARIVET

Ils vont nous croire ?

MOUTON

Non, mais ils ne croiront pas non plus *Libérateur* : c'est l'essentiel. (*A Sibilot.*) A propos, mon ami, la police a trouvé une liste supplémentaire dans les pa-piers de Nekrassov...

CHARIVET

Une liste de...

MOUTON

De futurs fusillés, bien sûr. (*A Sibilot.*) Vous publie-rez les principaux noms à la Une : Gilbert Bécaud, Georges Duhamel et Mouton, votre président.

Il se baisse, ramasse une cocarde de Futur Fusillé et l'épingle à sa boutonnière.

CHARIVET

Je peux me coucher ?

MOUTON

Mais oui, cher ami : je veille. (*Il pousse ses collègues vers la porte. Nerciat fait mine de résister.*) Vous aussi, Nerciat, vous aussi : quand vous avez la tête sur l'oreiller, je suis sûr que vous ne faites pas de bêtises. (*Sur le pas de la porte, Mouton se retourne vers Sibilot.*) Si vous avez besoin de moi, Sibilot, je suis dans mon bureau.

Ils sortent.

SCÈNE VI

SIBILOT, *seul, puis* TAVERNIER *et* PÉRIGORD.

Sibilot se lève et marche : d'abord lentement, puis de plus en plus vite. Pour finir, il ôte son veston et le jette à la volée sur un fauteuil, ouvre la porte et appelle.

SIBILOT

Tavernier, Périgord, conférence de Une! (*Tavernier et Périgord entrent en courant, voient Sibilot et s'arrêtent, ahuris. Sibilot les regarde dans les yeux.*) Alors, mes enfants, m'aimez-vous ?

RIDEAU

DU MÊME AUTEUR

LES MOTS, *autobiographie.*

QU'EST-CE QUE LA LITTÉRATURE ?, *essai.*

LES TROYENNES, adapté d'Euripide, *théâtre.*

L'IDIOT DE LA FAMILLE, I, II, III *(Gustave Flaubert de 1821 à 1857), essai.*

PLAIDOYER POUR LES INTELLECTUELS, *essai.*

UN THÉÂTRE DE SITUATIONS, *essai.*

CRITIQUES LITTÉRAIRES.

SARTRE, *texte intégral du film réalisé par Alexandre Astruc et Michel Contat.*

ŒUVRES ROMANESQUES.

ENTRETIENS SUR LA POLITIQUE, *en collaboration avec Gérard Rosenthal et David Rousset.*

ON A RAISON DE SE RÉVOLTER, *essai, en collaboration avec Philippe Gavi et Pierre Victor.*

L'AFFAIRE HENRI MARTIN, *textes commentés par J.-P. Sartre.*

COLLECTION FOLIO

Impression Bussière à Saint-Amand (Cher),
le 17 novembre 1987.
Dépôt légal : novembre 1987.
1ᵉʳ dépôt légal dans la collection : septembre 1973.
Numéro d'imprimeur : 2845.

ISBN 2-07-036431-3./Imprimé en France.